为了人与书的相遇

约翰·伯格作品

留住一切亲爱的

John Berger

Hold Everthing Dear

Dispatches on Survival and Resistance

作者_约翰·伯格

译者_肖海鸥

台海出版社

目 录

After 'Guernica' (1937) — Beirut, Cana, Tyr (2006)

留住一切亲爱的

给约翰·伯格

当午后的砖石储藏旅途中玫瑰的温度

当玫瑰发芽，生出一间绿色的房子呼吸
又像风一般盛开

当渐渐稀疏的桦树丛将它们关于风的银色故事
低吟给卡车里的疾驰

当篱笆的叶子储藏起光
那刻以为自己已经失落的光

当她的腕穴颤动，如同流转的空气中鹪鹩的胸

当大地的合唱在天空找到他们的眼睛
并在浓密的黑暗中向着彼此睁开

留住一切亲爱的

群鸟飞掠过晨空的行迹
百万把双握着斧头的手，大地柔软的手
引领着时间
部落破碎的牙齿，他们长长的居留地
　　　　　　　　　　　　　　　　　干草原稀落、紧挨
小得如一片陶土残存的手柄，一只与陶罐近似的魂灵
拎着自己穿过泥土向我们而来

双手递来承诺，我们一纸约定同行
掌间的地图
握成结
　　　　　　　　　　但伸开即如火炬

留住一切亲爱的

他们把路造向我们而我们又如何向他们敞开

一株草的正义，坼裂宫殿，却又庇护搜寻者的歌

那艘为波浪命名的船，那只此生的陶罐，当它装满岁月
当它下沉以成就它爱的对象

记忆，长成了树在自己还是一颗种子时就知道的形状

词语

面包

探寻着门外的真理的孩子

一起重新开始的渴望

动物机敏，在世界议会里

屋里的人，街上的人，这许多人

留住一切亲爱的

2005 年 5 月 19 日

加雷斯 埃文斯

死者经济学十二论

（1994年）

一、死者环绕生者。生者是死者的核心。在这核心里，是时间和空间的维度。环绕核心的，则是永恒。

二、在核心与其外围之间，存在着常常并不明晰的交换。所有宗教都意图使之明晰。宗教的可信度就取决于能否将此类不寻常的交换解释清楚。宗教的神秘玄奥源自系统地制造此类交换的努力。

三、清晰交换之所以罕见，是因为很少有什么可以在跨越时间与永恒的边界的同时仍能完好无损。

四、将死者视作他们曾经是的个体，很容易遮蔽他们的本质。试着用我们认为死者可能会有的眼光去看待生者：整体地看。这一整体不仅会跨越空间也会贯穿时间地增长。它会囊括所有活过的人。我们也如此想着死者。生者将死者化约为曾经活过的人；然而死者早已将生者纳入到自己的庞大整体中。

五、死者栖身在不断重建的永恒瞬间中。这种建构是宇宙的恒常状态。

六、根据他们对生的记忆，死者知道，建构的时刻也即崩毁的时刻。只要活过，死者就不会是无生命的。

七、如果死者生活在永恒瞬间中的话，他们如何拥有记忆？他们所能记得的，只有自己被掷回时间一事，就如一切存在过或存在着的事物。

八、死者与未生者的差别，就在于死者有这样的记忆。当死者人数增加，记忆也随之扩大。

九、死者那存在于永恒之中的记忆，或可被视作关于可能性的一种想象形式。这种想象与神相接近（在神之中）；但我不知道它是如何发生的。

十、在生者的世界里，有一类相同但也相反的现象。生者偶尔有对永恒的体验，例如在睡梦中、迷幻时、面临极度危险的瞬间、性高潮，甚或对垂死本身的经验。在这些时刻，生者的想象覆盖经验的全部领域，越过个体的生死界限，触碰到死者等待着的想象。

十一、死者与未发生之事，或说与将来有着怎样的关系？一切将来都是死者的“想象”介入过的建构。

十二、生者如何与死者共处？在资本主义将社会非人化之前，所有的生者都等待着死者的经验。那是他们的终极未来。生者只靠自己是不完整的。因而生者与死者彼此依存。一直如此。直到利己主义的独特现代形式打破了这种依存关系。这给生者带来了灾难性的后果，他们现在只把死者看作被淘汰了的人。

现在就要

（2006年4月）

世界变了。信息正以不同的方式传播。信息的误传也在更新它的技术。在世界范围内，向外移民成了最主要的生存手段。那些曾在历史上遭受过最残酷的种族屠杀的民族国家已经变成了——就军事而言——法西斯主义国家。民族国家在政治上普遍没有作为，并已然沦为新的世界经济秩序的附庸。三个世纪以来富有卓见的政治话语也都已被弃若敝屣。简而言之，在今天，经济与军事的全球暴政已经被建立起来。

与此同时，人们也在发掘抵抗这一暴政的各种新办法。当今的反叛者不应该那么顺从，而是应该依靠自己。在逐渐壮大的反对者内部，自发性的合作取代了集中权威。在对特殊议题的处理上，长期计划被紧急协作所取代。民权组织正在学习并开始实践游击式的政治抵抗策略。

今天，人们对正义的欲求是多种多样的。也就是说，之于反抗不正义所进行的斗争，之于为生存、自我尊严和人权所进行的斗争，我们绝不应该仅仅只考虑它们的直接诉求、它们的组织或历史结局。这些斗争不能被简化为“运动”。运动被用来描述一大群人共同朝着某个明确目标——他们或者是达成了，或者是没有达成——行进。然而这样的描述忽视了，或说没有考虑到，不可胜数的个人选择、遭遇、启示、牺牲、新的渴求、伤痛，以及最终的，记忆。凡此种种都起自运动，但在严格意义上，它们只是运动的偶然附带。

运动承诺的是它未来的胜利，而这些偶然时刻承诺的是当下那瞬间。这些时刻囊括了行动中的有关自由的经验，或是欣喜的，或是悲伤的。（没有不经行动就能得到的自由。）这些时刻——没有哪个历史“结局”可以如此——是超越性的，是斯宾诺莎所谓的永恒，它们繁多如星，布满无垠的宇宙。

并非所有欲望都能导向自由，但自由是对欲望被承认、被选择、被追求的经验。欲望从不仅仅关乎对事物的占有，还有对事物的改变。欲望是想要。现在就要。自由不是满足某一渴求，而是对它的至高无上性的承认。

今日，无限与穷人同在。

七重绝望

(2001 年 11 月)

我想为当前这场论争附上几句简短的评论，就像一般讲故事的人那样。

成为唯一的“超级力量”，会减损军事上的战略智慧。战略思考，是要人站在敌人的立场上想象自身。如此，才可能洞察先机、迷惑敌人、攻其不备、迂回包抄，等等。长远来看，误解敌情将会自取灭亡。帝国时常就是这样覆亡的。

今天，至关重要的问题是：是什么让世界产生恐怖分子，更为极端地，是什么让人成为自杀式殉道者？（这里我指的是无名的志愿者，恐怖分子头领则是另外一回事。）造就恐怖分子的首先是一种绝望的形式。或更确切地说，是一种超越的方式，通过付出自己的生命，来让绝望的形式获得意义。

这就是为什么自杀一词用得不甚恰当，因为超越给了殉道者一种胜利的感觉。是对那些他理应憎恨的人的胜利？我想不是。他们战胜的是被动无力，是苦难，是自深重绝望中弥散出的荒诞感。

生活在第一世界里的人是很难想象这种绝望的。不是因为他们更为富裕（富裕自有富裕的绝望），而是因为他们不断地被各种事情分心，转移注意力。我所提及的绝望，降临在那些受困于环境而无暇他顾的人身上。比如，数十年生活在难民营里的人。

这种绝望由什么组成？是你的生命和你亲近的人的生命毫无价值的感受。并且是在数重不同的层面上被感受到的，以至于它已成了全部。也就是说，它就像在极权主义之下那样，是不得上诉的。

每个清晨搜寻
为了找到些残羹剩炙
靠此活过另一日。

觉醒的知识
在这片合法的
不存在什么权利的荒野之中。

常年的经验是
没有什么事会变好
只会更坏。
耻辱于
什么都改变不了的无力，
勉强能抓住的东西
则通向了另一条绝路。

聆听，千百个承诺
从你和你的亲人身旁
无情地穿过。

反抗者的榜样
被炸成了粉末。

那些被杀戮者的沉重

一种永远封锁了
天真的沉重
因为他们如此之多。

绝望有七重，一星期里每天一重。对那些更富勇气的人而言，这七重绝望给了他们一种启示，使他们用自己的生命去抵抗那些将世界推入此境的强权。这是唤醒比绝望的群体更广泛的全体的唯一办法。

那些无法想象此种绝望的政治领袖，他们制定的任何策略都将失败，并将因此招致越来越多的敌人。

不败的绝望

（2005年12月）

我怎么还活着？我会告诉你，我活着是因为死亡的暂时短缺。这话是笑着说的，在渴望正常、渴望平凡生活的远方。

在巴勒斯坦，人脚步所能行至的每一处地方，即便再偏远，他都会发现自己身处一片瓦砾堆中——不是找一条路穿过瓦砾堆，就是绕过，或从上面踩过。检查站附近，围着几个温室大棚，那是卡车没办法抵达的地方，不论是沿着哪条街道，去赴什么样的约。

瓦砾堆来自房屋和道路，它们是日常生活的残骸。在过去的半个世纪里，几乎没有一个巴勒斯坦家庭不曾被迫逃离某地，就如同没有一座巴勒斯坦城镇，里面的建筑不曾被占领军一次又一次地铲平。

还有言语的瓦砾——言语的瓦砾什么也不承载，它的意义已经被摧毁了。众所周知，以色列军队，也就是所谓的以色列国防军（IDF），已经在实际上成了侵略军。就如塞尔希奥·亚尼（Sergio Yahni）这位勇敢可敬的“以色列拒绝参军者”（Israeli Refusniks，他们拒绝为以色列军队服役）写道的：“这支军队的存在并不为保障以色列公民的安全：它的存在是为确保持续窃取巴勒斯坦领土。”

没人在意的严肃大词，也在瓦砾堆里。联合国决议与海牙国际法庭已经提出谴责，裁定在巴勒斯坦领土上的以色列居民（有近 50 万这样的居民）的建筑，和 8 米高的水泥“隔离墙”的修建，均属非法。然而，占领和修建隔离墙的行动却一直在继续。每过一个月，以色列国防军跨领土的扼制就绷得更紧一些。这种扼制是地理的，经济的，民政的和军事的。

一切都清清楚楚，这并非发生在地球上某些遥远的被战火封锁的角落；每一个富裕国家的外交部都在注意着这里，但没有一个国家采取任何举措去制止这些不法行径。“对我们而言，”一位巴勒斯坦母亲说，检查站里她的身后正跟着一名抱着催泪瓦斯枪的以色列国防军士兵，她朝装甲车点了点头，“西方的沉默比他们的枪弹更为恶劣。”

公开申明的原则与现实政治之间，历来隔着鸿沟。声明往往夸大其词，但这里的情况却恰恰相反。言语在事件面前如此渺小。这里正在发生的是精心地毁灭一个民族、一个被承认的国家。围绕这一毁灭行为的，只有微不足道的言辞和躲避的沉默。

对巴勒斯坦人来说，只有一个词的含义未曾消减：Nakbah，“灾难日”，指 1948 年 70 万巴勒斯坦人被迫离乡流亡。“我们的国家是一堆空谈。说，说了又说。且让我将道路建基在坚石上。”诗人马哈茂德·达尔维什（Mahmoud Darwish）这样写道。“灾难日”成了四代人共有的名字，它延续如此之久，是因为它所指称的“种族清洗”行动，至今仍不为以色列和西方世界广泛承认。在此背景下，一些诚实正直却也饱受迫害的——比如艾兰·佩普（Ilan Pappé）——以色列新历史学家所著的勇气之作，就显得极为重要了。因为这些著作，也许这场浩劫最终能得到官方的承认，它们将不幸的名字还原成词，无论这个词有多么悲惨。

这里的人熟悉每一种瓦砾碎石，包括言语的瓦砾碎石。

人们常常忘记这场富有争议的悲剧的地理规模；其规模已然成为悲剧的一部分。整个西岸算上加沙地带，面积尚不及克里特岛（巴勒斯坦人在史前时期从这座岛而来）。但这里生活着350万人，是克里特岛人口的6倍。而这块区域的面积正有条不紊地被逐日缩小。城镇越来越拥挤，乡村围起更多的隔离网，有了越来越多不可通行的地方。

（犹太人）定居点还在扩张或新建。专为定居者建的高速公路，禁止巴勒斯坦人使用，将他们的老路变成死巷。检查站和复杂的证件管控已经严重削减了大部分巴勒斯坦人外出的机会，甚至还要包括他们在自己领地内穿行的计划。许多人走不到方圆20公里以外的世界。

墙围出飞地，切出角落（墙一落成，就将偷走巴勒斯坦残存土地的百分之十），把乡村弄得支离破碎，令巴勒斯坦人彼此隔绝。推土机摧城拔寨，毫不留情地达成目标。

“荒野除为它自身保存的以外，再没有什么可以留给我们。”（马哈茂德·达尔维什）

这里的绝望没有恐惧，没有屈从，没有被打败的感觉，它展露着一种直面世界的姿态。我从未见过像这样的绝望。它的表达方式，可能来自一个加入了“圣战”的年轻人，可能来自透过疏落的牙齿记忆和低语着的老妇人，也可能来自一个微笑着的、将希望藏进绝望的十一岁少女……

这种姿态，如你所说的，是怎么来的？

听……

在难民营的一个巷角，三个男孩蹲在地上玩弹珠。这处难民营中的大部分人都来自海法（Haifa）。男孩用大拇指弹弹珠时的灵巧，和他们身体其余部分的稳稳不动，与他们自小熟悉的局促逼仄的空间不无关系。

巷子比任何一家旅馆的走廊都要狭窄，沿着走3米远，是一家卖二手自行车的店铺。所有的把手都挂在一个吊架上，所有的后轮挂在另一个吊架上，而所有的车座则挂在第三个吊架上。如果没有这样整齐的摆放，每一件东西都会像是卖不掉的废铜烂铁。但摆好了，就可以卖了。

店铺对面有一幢装着铁门的矮房子。房子的墙上写着：“这座难民营的腹中，每一天都诞生一场革命。”铁门后的两间房里，住着一名学校教师和他的姐姐。他指着那层楼的另一个房间，大约两个浴缸大小，天花板和墙壁都已剥落。那是我出生的房间，他说。

让我们回到他现在住着的房间。他指着一张装在镀金相框挂在墙上的照片。在它边上，是阿拉法特戴着三角头巾的官方肖像。相框里的照片是我父亲年轻的时候，是在海法拍的！有一次一个同事告诉我说，他看起来像帕斯捷尔纳克，就是那个俄国诗人，你觉得呢？（是很像。）他患有心脏病，“灾难日”要了他的命。他就死在这个房间里，那年我十二岁。

在有铁门的矮房子的远端，自行车零件店的对面，距男孩们玩弹珠的角落八步远的地方，有块一米见方的空地，那里生长着一小片茉莉的灌木丛。因为是在十一月，所以只有两朵白色的花开着。灌木丛周围扔着十几个空塑料矿泉水瓶子，是从巷子里丢过来的。这座难民营里，至少百分之六十的人没有工作。难民营即贫民窟。

当有人有机会可以离开难民营，越过瓦砾堆，前往条件稍微好一点的居住地时，他们往往会拒绝离开，选择留下来。在难民营里，他们是集体中的一员，像一只手指，属于一个庞然的身躯。搬出去就像是截肢。那永不言败的绝望的姿态，就是这么来的。

听……

高台上的橄榄树看起来乱蓬蓬的；此刻比往常更容易看到它们银色的叶背。这是因为昨天橄榄刚被采摘。去年收成不好，树疲乏了。今年情况比较好。从树干的粗细看，这些橄榄树应该有三四百岁了。它们生长的那片干燥的石灰岩台地，可能年岁更古老。

往西和往南数公里外的地方，是两个最近兴建的（犹太人）定居点。整饬、密实、都市（定居者在以色列工作，每日通勤往返）、坚不可摧。它看起来不像是村庄，而更像是一辆巨大的吉普车，大到足够容纳 200 名带枪的居住者舒适地生活其间。这两个定居点都是非法的，都建在山上，也都有一座似清真寺宣礼塔一样尖尖的瞭望塔。它们向周围乡村释放的真实讯息是：把手放到头上，我告诉过你的把手放到头上，然后慢慢往后退。

在西面建定居点和通往定居点的路，得砍掉数百颗橄榄树。在此处干活的大都是失业的巴勒斯坦人。那永不言败的绝望的姿态，就是这么来的。

昨天刚采摘了橄榄的那些人家，来自一个落后的村庄。村子位于两个定居点之间的山谷里，人口大约有 3000。村里有 20 个人被关在以色列的监狱里。其中一人，两天前刚被释放。不少年轻人最近都加入了哈马斯[1]。还有更多人

1 哈马斯（Hamās），成立于 1987 年的一个巴勒斯坦伊斯兰教逊尼派组织，是一个集宗教性、政治性为一体的组织，拥有自己的武装力量。“哈马斯”这个词是“伊斯兰抵抗运动”的缩写，由“伊斯兰”、“抵抗”和“运动”三个阿拉伯词语缩写组成。——译注（本书注释如未注明均为原注）

会在明年一月的选举中投票支持哈马斯。所有的小孩都有玩具手枪。所有年轻的祖母，一边想着曾经许下的诺言都变成了什么样子，一边点头赞成她们的儿子、儿媳、侄子加入哈马斯，并日夜为他们的安全担忧。那永不言败的绝望的姿态，就是这么来的。

阿拉法特设在巴勒斯坦首都拉马拉（Ramallah）[1]的总部，穆卡达官邸（Muqata），三年前曾是一个巨大的瓦砾堆，那时以色列国防军用坦克和大炮将阿拉法特劫为人质并“软禁”在那里。现在，在他死后一年，巴勒斯坦人清理了这些碎石堆——有些人声言应该保留废墟以作为历史遗迹——里面的院子如今就像训练场一样空空荡荡。在它的西侧，地面上有个毫无装饰的基座，标示着阿拉法特之墓。墓地上方，建了一个屋顶，就像小火车站的站台上建有的那种屋顶。

任何人都可以走到这里，经过布满弹痕的墙，穿过铁

1 原文如此。巴勒斯坦首都应是耶路撒冷（1988 年巴勒斯坦全国委员会第 19 次特别会议通过《独立宣言》，宣布耶路撒冷为首都），但目前总统府等政府主要部门均设在位于巴勒斯坦中部的城市拉马拉。——译注

丝网。两名卫兵伫立守卫在墓基前。没有哪一个（被承认的）国家领袖的安息之地会比这里更肃穆——它就只是在那儿，以自己的存在来对抗一切不公。

如果你正好在日落时分站在他脚下，墓地散发出的是静默的光辉。他的外号是"行走的灾难"。深受爱戴的领袖们都是纯洁无瑕的吗？难道他们不总是满身过错，不是缺点，而是一身昭然的过错吗？这也许就是成为受人爱戴的领袖的条件？在他的领导下，巴勒斯坦解放组织（Palestinian Liberation Organization）同样有时也对制造言语的废墟有所贡献。然而在阿拉法特的过错里，塞满了他的国家日夜遭受的冤屈，就像口袋塞着钞票一样。就这样他承担起了这些冤屈，让它们带来的痛苦在他的过错里找到一个家，一个痛苦的家。既不是他的纯洁，也不是他的力量，为他赢得了这样不死的忠诚，而是因为某些瑕疵的存在——就像我们每个人都有缺陷一样。那不败的绝望的姿态，就是这么来的。

卡奇利亚这座西北城镇（5万人口），被一座17公里长、只留有一个进出口的围墙全面封锁住了。曾经熙熙攘攘的大街，如今已然消逝在围墙制造出的荒原中。这镇了原本就疲弱的经济因此彻底崩溃。一个园艺商，用独轮手推车运送沙土，在冬天来临前给植物配上土壤。在围墙建起来前，他雇有 12 名工人（九成五的巴勒斯坦人生意不会雇超过 5 个人）。现在他手下一个雇员都没有。因为城镇被隔离，他的园艺生意减少了百分之九十。剪秋罗花开成堆，他却扔掉它的种子，不再收集。他那双大手沉重，从今往后，在这里它们不再有事可为。

难以描述那道围墙的景象，凡它所跨越的土地，全都荒无人迹。它是瓦砾堆的反面。它是官僚政治——在电子地图上精心计划，预先构想，先发制人。其目的是阻止巴勒斯坦建国。这是它绝不留情要打击的目标。自三年前围墙起建以来，自杀性袭击的次数并未明显见少。站在围墙跟前，你会感觉自己像烟头一样矮小。（除了斋月期间，大部分巴勒斯坦人平日都烟不离手。）但奇怪的是，它看起来不像是定局，只是难以逾越而已。

当围墙竣工时，会是一道长达 640 公里的面无表情的、昭示着不平等的脸。现在它已经有 210 公里了。不平等存在于这样的两者间：一方拥有最新的军事科技、完备的兵工厂（阿帕奇直升机、梅卡瓦坦克、F-16 战斗机等），捍卫着他们认为属于自己的利益；另一方则除了他们的名字和对“正义不言自明”的共同信仰以外一无所有。那不败的绝望的姿态，就是这么来的。

我在写作的时候，加沙的居民每一夜都遭受着“音爆”的轰炸。围墙可能与此同属于目光短浅的压迫逻辑。喷气式飞机要以全速的低空飞行，冲破音障和底下那些怀抱着他们的公理蜷缩着的失眠神经。但它是不会成功的。

这样的火力优势抑制了有效战略的产生；要有战略性的思考，一个人必须想象自己身处对手的处境，但习以为常的优势感，却大大妨碍了这种思考。

爬上一座山头，俯瞰围墙，你会看到底下的道路，绕开那几何式的隔离，向南方地平线蜿蜒而去。你可见过戴胜鸟？当我们把目光放长远去看，这道围墙不过是一个临时手段罢了。

以色列的监狱里关押着8000名的政治犯，他们中有350人不满十八岁。坐牢成了巴勒斯坦男人人生经历的常规阶段，他们的一生总要进一次或数次监狱。扔石头就会被判处两年半甚至更多年的徒刑。

监狱对我们来说是一种教育，一种大学的奇怪形式。戴着眼镜正说话的男人大概五十来岁，他止穿着一身参加商业午餐的衣着。你在那儿学会如何学习。他是五兄弟中年纪最小的，做进口咖啡机的生意。你学会如何与大家一同斗争，彼此不离不弃。这四十年来，条件已经有所改善——这要归功于我们，以及我们的绝食抗争。我最长的一次绝食坚持了二十天。我们赢得了每天多一刻钟的放风时间。在关押长期徒刑犯的监牢里，狱方习惯把窗户关起来，于是在牢房里就见不到一丝阳光。我们为自己赢回了一些阳光。我们也让每天一次的身体搜查从日常规定里废除了。此外，我们还读书，并讨论阅读的内容，互相教对方不同的语言。然后，我们也认识了个别的几个士兵和一些狱警。在街头，我们之间的语言是子弹和石头。但在狱中却不是这样。他们和我们一样被监禁着。但差别在于，我们相信着致使我们来到这里的缘由，可他们却不，他们在这里不过是挣一份营生。我知道有些友谊如此开始。

不败的绝望的姿态，就是这么来的。

在耶路撒冷和耶利哥（Jericho）之间的犹太沙漠（Judean desert）是一片砾石荒漠，而非沙质荒漠，地势崎岖陡峭，并不平坦。在春天，野草会覆盖其中的一部分，贝都因人就在这里放牧山羊。再晚些时候，就只能看到一丛丛的枸杞生长于其间了。

如果仔细注视这片沙漠，你很快就会发现，那幅景象完全将人的凝视目光拉向了天际。这是一个地质学意义上的问题，而不是《圣经》历史意义上的。沙漠挂在天空下，好像一张吊床。刮风时，它就像飞卷飘动的床单似的。于是，天空显得比大地更坚实，更迫近。一根箭猪的尖刺被风吹落到你脚边。难怪成百上千的先知，包括其中最伟大的一些，都是在此培育出他们洞见异象的能力的。

天光渐暗，两百只山羊跟随骑在骡子上的贝都因牧羊人，还有他的狗，在暮色中走“之”字形下山，回营地。营地里有水给它们喝，还有额外的谷物可以吃。在一年里的这个时候，蓟和地下根茎能提供给它们的营养是很有限的。

预言家和他们的末世预言所面临的问题是，他们倾向于忽略紧随行动发生的事情，忽略后果。行动对他们来说，不是手段，而是象征。预言往往使人们看不到时间蕴含着什么。

山下的贝都因人家，住在离一段古罗马时期的引水道不远的两幢废弃的建筑里。每天这个时候，母亲就会在热石上烤面饼，这是他们的日常食物。她有七个儿子在这里出生，在这里放牧。最近，以色列国防军通告他们家必须在来年春天前离开此地。把手放到头上，往后退！所有的母羊都怀孕了。妊娠期五个月。到时候看，她的一个儿子这么说。不败的绝望的姿态，就是这么来的。

他们拒绝接受直接的结果。比如，围墙以及对巴勒斯坦的更多土地的侵吞，并不能确保以色列国家的安全；这样做只会迎来更多的殉道者。

比如，发动自杀性攻击的烈士倘若能在他或她死前，亲眼看到自己制造的爆炸带来的直接后果，他们可能会重新考虑自己此前做出的坚定不移的决定是否恰当。

预言中的该死的未来，除了那最后的时刻，其他全不在意！

在我反复谈论的这种姿态中，有一些特别的东西，一种我们无法从后现代或今天的政治语汇找到一个准确的词来形容的品质。这种品质以一种分享的方式，消解掉了“为什么一个人会遭逢这样的命运？”这一首要的问题。

这种分享的方式消解和回答了问题，它不给予承诺，或安慰，或复仇的誓言——这只是些供制造历史的大小人物们使用的修辞术罢了。而对这个问题进行消解性回答的方式也蔑视了历史。它的答案很简要，简要却永久有效。

一个人打从出生起就要去分享在瞬间里不断重现的时间：这是一种**生成**的时间，在冒险**再次遭遇**不败的绝望之前。

我将轻柔地诉说我的爱

（2002 年 1 月）

星期五。

纳齐姆，我正穿着丧服，我想将它分享给你，因为你曾将那么多的希望和那么多的哀伤分享给我。

　　　　　　电报是夜里来的，

　　　　　　　　　只有三个音节：

　　　　　　“他死了。”[1]

我在悼念我的朋友胡安·穆尼奥斯（Juan Muñoz），一位从事雕塑和装置艺术创作的杰出艺术家。他昨天在西班

1 Nazim Hikmet, *The Moscow Symphony*（莫斯科交响曲）. Trans., Taner Baybars. Rapp and Whiting Ltd, 1970.

牙的一个海滩上去世，享年 48 岁。

我想问你一些困惑着我的事情。因为有别于牺牲，被杀或死于饥饿，自然死亡带来的首先会是震惊，除非这个人患病已久，之后，就会有一种巨大的失落感，尤其是当死者还很年轻的时候——

白日破晓
但我的房间里
长夜如织。[1]

——紧跟着的，是诉说着自己将永不止步的痛苦。伴随痛苦悄然而来的，还有别的，很像是玩笑，但又不是玩笑。（胡安是很会开玩笑的人。）它让人产生幻觉，有点类似于魔术师在变戏法后挥动手帕的姿势，很轻盈，与一个人感受到的截然相反。你懂得我在说什么吗？这种轻盈是一种轻浮吗，抑或一个新的指引？

我问了你这些问题，五分钟后，我收到了我儿子伊夫发来的传真，上面是他刚刚为胡安写的几行诗：

1 ibid.

你在出现时

　　总伴着笑声

还有新的戏法。

你在消失时

　　总留下你的双手

在我们的牌桌上。

你离去

　　将你的牌

留在我们手上。

你会再次出现

　　伴着新的笑声

而那将是一个戏法。

星期天。

我不确定我是否看见过纳齐姆·希克梅特（Nazim Hikmet）。我想发誓我见过，但我找不到相关的证据。我相信那是在1954年的伦敦——在他被释放出狱的四年后，距他去世还有九年。他正在红狮广场（Red Lion Square）

举行的一个政治集会上发言。他简单说了几句，然后他读了一些诗。一部分英语，一部分土耳其语。他的声音充满力量，语调冷静，极具个性，很有韵律。但那声音似乎不是从他喉咙发出的——或说，在那一刻不是来自他的喉咙。像是有一台收音机在他的胸腔里，他用他微微颤抖的大手，打开，关上。我描述得很拙劣，因为他的在场与真诚是非常明显的。在一首长诗里，他描写了六个人在 20 世纪 40 年代早期的土耳其用收音机听肖斯塔科维奇（Shostakovich）的交响曲。六个人中有三个坐了牢（和他一样）。是现场广播，同一时刻，数千公里之外，交响乐在莫斯科演奏。听他在红狮广场念他的诗，我生起了这样一种印象，仿佛他口中说出的词也像是从世界的另一端传过来一样。并不是因为它们难懂（并不难懂），也不是因为它们字义含糊或令人生厌（它们非常耐听），而是因为说出它们在某种程度上就意味着，战胜了距离，超越了无尽的阻隔。他诗中的“此地”在别处。

在布拉格，一辆马车——

　　一辆单匹马车

穿过老犹太公墓（Old Jewish Cemetery）。

这马车载满了对另一个城市的渴望，

我就是那驭手。[1]

即便是在站起来发言之前，他还坐在台上的时候，你也可以看到他有着超乎常人的高大身材。他有“蓝眼睛树”这样的昵称，并非无缘无故。当他站起身，你则会有这样一种感觉，他同时也非常轻盈，轻盈得会随风飘然而去。

也许我从来没有看见过他。一个在伦敦举办，由国际和平运动组织的会议上，希克梅特被人用好几根钢缆拴在演讲台上，为的是把他留在地面上，不让他飘到空中去——这情形不大可能发生。但那就是我清晰的记忆。那是一个露天集会，从他口中念出的词，在随后也都飞升到空中去了——他的身体也随着他写的词飞起来，在广场上空越飘越高，飘到从前沿着西奥博尔德路行驶的有轨电车的受电弓与接触网擦出的火花之上。这趟电车在三四年前停开了。

你是山里的村庄

1 Hikmet, *Prague Dawn*（布拉格黎明）. Trans., Randy Blasing and Muten Konuk. Persea Book, 1994.

在安纳托利亚，

你是我的城市，

最美丽也最不幸。

你是呼救的哭喊——我是说，你是我的故乡；

那奔向你的脚步是我的。[1]

星期一早晨。

在我漫长一生里，几乎所有于我而言最重要的当代诗人的诗歌，我读的都是译本，而绝少读他们的原文。我想在20世纪以前没有人会这么说。关于诗歌到底可译与否已经争论了数个世纪——但它们是关起门来的争论——就像室内乐。大多数的室内乐在20世纪都已沦为碎渣。新的通讯方式、全球政治、帝国主义、世界市场，等等，以史无前例方式，不分青红皂白地，将数百万人聚在一起，又将数百万人拆散。其结果是，人们对诗歌的期望也发生了变化，越来越多的优秀诗歌，是写给那些远在他乡的读者的。

1 Hikmet, *You*. Trans., Randy Blasing and Muten Konuk. Persea Books,1994.

我们的诗歌

像里程碑

必须标示道路。[1]

20 世纪里，好些诗歌里许多直白的诗行，曾将各个大陆、被遗弃的村落和遥远的都会联接起来。你们知道这些，你们所有人；希克梅特、布莱希特（Brecht）、巴列霍（Vallejo）、阿蒂拉 · 尤若夫（Atilla Jósef）[2]、阿多尼斯（Adonis）、胡安 · 赫尔曼（Juan Gelman）[3]……

周一下午。

我第一次读到纳齐姆 · 希克梅特的诗，是在我十八九岁的时候。他的诗作刊登在伦敦一份无名的国际文学评论上，是由英国共产党赞助出版的。我是这份刊物的固定读者。这个政党的诗歌路线纯属废话，但刊印的诗歌和小说却常常很具启发性。

1 Trans., John Berger.

2 阿蒂拉 · 尤若夫（1905—1937），匈牙利诗人。——译注

3 胡安·赫尔曼（1930—2014），阿根廷诗人，2007 年获米格尔·德·塞万提斯奖。——译注

那时候，梅耶荷德（Meyerhold）[1]已经在莫斯科被处决了。如果我现在还能特别想起梅耶荷德，是因为希克梅特景仰他。20 世纪 20 年代早期希克梅特第一次造访莫斯科的时候，就深受他的影响……

“我从梅耶荷德的剧场里获益良多。1925 年我回到土耳其，组建了第一个工人剧院，在伊斯坦布尔的一个工业区里。在这个剧院里，我作为导演和作者工作，我感到是梅耶荷德向我们打开了为观众和与观众一起工作的新的可能性。”

1937 年后，这些新的可能性让梅耶荷德付出了生命的代价，但在伦敦这份评论刊物的读者却并不知道这一情况。

第一次读到希克梅特的诗，震撼我的是其中的空间感，它们比我那时候读过的所有诗都具有更多的空间。他的诗并不描述空间，它们穿过，它们翻越山川。他的诗歌亦关乎行动。它们与怀疑、孤独、哀痛、悲伤相连，但这些感情不是行动的替代品，而是伴随行动而来。空间与行动合而为一。此二者的对立面是监狱，就是在土耳其的监狱里，政治犯希克梅特写出了他人生中近半的作品。

1 费谢沃洛德 · 梅耶荷德（1874—1940），苏联戏剧导演，1940 年被斯大林处决，苏共二十大后被平反。——译注星期三。

纳齐姆，我想和你描述我趴在上面写作的桌子。一张白色的圆铁桌，像人们经过现在博斯普鲁斯海峡边的住宅区时会见到的那种桌子。不过这一张却放在一幢位于巴黎东南郊的小房子里，桌子就摆在那儿的一个带遮顶的阳台上。房子建于 1938 年。这批房子当年是为工匠、商贩和技术工人建的。1938 年时你正被关在监狱里。一只手表挂在你床上方的钉子上。在你上面的牢房里，三个戴镣铐的强盗，正等着他们的死刑判决。

桌上总是铺满了纸张。每个早晨，我做的第一件事就是一面喝咖啡，一面收拾整理这些纸张归档。在我右边有一盆植物，我知道是你喜欢的。这盆植物长着深色的叶子。叶背是蜜李子色，叶面被光线晕染成深棕色。叶片三瓣一组，宛如一群夜蝴蝶——它们的确形状同蝴蝶一般大小——被同一朵花供养着。植物自己长着的花非常小，粉红色的，纯真得就像孩子在小学里学唱歌时发出的声音。它属于某种巨大的三叶草。我这株来自波兰，在那儿，它的名字是 Koniczyna。是我一位朋友的母亲送给我的，她在她靠近乌克兰边境的花园里培植出了它。她有直击人心的蓝色眼睛，像祖母禁不住抚摸小孙儿的脑袋一样，她在穿过花园或在她屋子里走动时，总禁不住摸摸她养的植物。

我的爱，我的玫瑰，
我穿越波兰平原的旅程开始了：
我是个小男孩，快乐、惊奇
一个小男孩
注视着他的第一本图画书
　　上面有人、
　　　　动物、
　　　　　　各种东西、植物。[1]

在故事的讲述中，每样东西都由接下去要发生的事决定。最真实的顺序，绝不是一目了然的。一再试错，往返多次。这就是为什么桌上会有一把剪刀和一卷透明胶带。这卷透明胶带并没有装进那种让它可以很容易撕下一段的工具里。我必须用剪刀来剪断。麻烦的是找到胶带的头，然后拉开它。我常常找得不耐烦，手指急躁地摸索。所以一旦我找到胶带头，我就会把它贴到桌沿，我会让整卷胶

1 Hikmet, *Letter from Poland*（波兰来信）. Trans., John Berger.

带拉下来直垂到地板，就这么让它挂在那儿。

有时我会穿过走廊，到隔壁房间，我在那里谈天或吃东西或读报纸。几天前，我坐在这个房间里，有什么东西吸引住了我的视线，因为它在动。一道细细的闪着亮光的水柱落到走廊地板上，水在靠近我书桌前的空椅子的腿边飞溅开来。阿尔卑斯山的溪水，最初也不过是像它一样的涓流。

一卷被窗口的风转动的胶带，有时也足以撼动山岳。

星期四晚上。

十年前，我曾站在伊斯坦布尔靠近海达－帕夏（Haydar-Pasha）车站的一幢建筑前面，那是警察审问嫌疑人的地方。政治犯被拘留在顶楼，被严密讯问，有时询问会持续长达数星期。1938 年，希克梅特就在那里被反复讯问过。

这幢大楼不是被当作一座监狱，而是被当作一个大型行政机关的大楼来设计的。它用砖石和沉默建筑而成，看起来坚不可摧。一座监狱如此构造，有一种阴森感，还常有一种紧张而又临时凑合的气氛。比如，坐落在布尔萨（Bursa）那座希克梅特被关押了十年之久的监狱，就因为它不规则的设计，被人称之为“石头飞机”。在伊斯坦布尔车站旁，我注视着的这座稳固的堡垒，相形之下，则具有一种沉默纪念碑式的讳莫如深和平静。

不管关在里面的是谁，也不管里面发生了什么——这座建筑沉声慢语——都会被忘却，被从档案纪录中抹去，被掩埋在欧洲和亚洲的缝隙间。

就是在那时，我明白了他诗歌中独特的和非此不可的策略：它必须不断地越过自身的监禁。所有的牢犯都一直做着《大逃亡》[1]式的美梦，但希克梅特的诗歌却不是这样。他的诗歌，在开始之前，就已将监狱置为世界地图上一个小小的点。

最美丽的海洋

还未渡越。

最美丽的孩子

　　　　还未长大。

最美好的日子

　　　　我们还未看见。

以及想告诉你的最美好的言语

1 《大逃亡》是一部1963年的美国电影，讲述的是在二战期间的一座德国战俘营里，美国和英国官兵合作展开集体逃亡计划的故事。——译注我还未说出。

他们就把我们囚禁
他们就把我们锁住：
我在高墙内，
你在外。

但这没什么。
最坏的是
人们有意或无意地
自我囚禁……
大部分人已被迫如此，

诚实的、勤劳的、善良的人
他们应得的爱，就像我爱你这么多。[1]

他的诗歌，就像几何圆规一样，划下圆圈，有时贴近，有时宽广至全球，只是它那尖锐的针脚是插在囚室之中的。

---

1 Hikmet，*9–10pm. Poems*. Trans., Blasing and Konuk.

星期五早晨。

有一次，我在马德里的一家旅馆里等候胡安·穆尼奥斯，他迟到了，因为如我所说，当他在夜里埋头工作时，他就像一名在汽车底盘下面干活的机械师，浑然忘记时间。等他终于露面时，我取笑他躺身车底。之后他传真了一个笑话给我，不知道为什么，我想转述给你听，纳齐姆。也许我不必去探究为什么。我只是在两个过世的男人之间扮演着邮递员的角色。

“请容我向你介绍自己——我是一个西班牙机械师（只修汽车，摩托不算），大部分时间都仰躺在引擎底下查探它！但是，最重要的是，我偶尔创作艺术作品。我并非艺术家。不是。但是，我想结束在油污的车底翻来滚去的无聊生活，我想成为艺术界的基思·理查兹（Keith Richards）[1]。不知这有没有可能像牧师那样，每天就工作半小时，还有酒喝。

“我写信给你，是因为有两个朋友（一个在波尔图，一个在鹿特丹）想要邀请你和我去博伊曼汽车博物馆（Boyman's Car Museum）的地下室，还有在波尔图老城的

1 基思·理查兹，滚石乐队的创始人之一。——译注

一个地窖（但愿这里酒更烈）。

“他们还提到了风景之类我不懂的东西。风景！我猜可能是开车转悠转悠，四处看看，或者一边看一边开车转悠……

对不起先生，另一位客人刚上门。哇！是一辆凯旋喷火跑车（Triumph Spitfire）！”

我听到胡安的笑声，在工作室里回响。他独自在那里，和他那些沉默不语的雕像。

星期五晚上。

有时，在我看来，许多20世纪最伟大的诗歌——包括女诗人写的和男诗人写的——可能是所有诗歌中最博爱的。如果是这样，这也与政治口号无关。里尔克是如此，他反政治；博尔赫斯亦是，他是保守派；而希克梅特，他终其一生都是个社会主义者。我们的这一世纪前所未有的残酷，但它所想象（并且有时所奋斗）的未来却提倡博爱。此前的几个世纪则绝少这样倡导。

这些人，迪诺，
举着破布点起的火把
他们要去哪里，在这晦暗不明中，迪诺？

你，还有我：

我们和他们一道，迪诺。

迪诺，我们也

瞥见了蓝天。[1]

星期六。

也许，纳齐姆，这次我也没看见你。但我愿意发誓我看到了。你就坐在阳台上这张桌子边，我的对面。你有没有注意过脑袋的形状往往显示了大脑习惯性的思考方式？

有一些脑袋无情地表明计算的速度。另一些则揭示了对旧观念执着的追求。这段时间，许多脑袋泄露了它们无法理解的持续不断的失落。你的脑袋——它的大小和你焦虑不安的蓝眼睛——告诉了我在它里面存在着许多个世界，一个世界套着另一个世界，每个世界有不同的天空；它并不骇人，它是冷静的，但也习惯于挤得满满。

我想问问你关于我们今天生活的这个时代。大部分你所相信的正在历史中发生的事，或者你相信应该发生的，结果都成了幻影。公司资本主义所向披靡，尽管抗议日多，

1 Hikmet, *On a painting by Adidine, entitled The Long March*（阿比丁名为长征的画）.Trans., John Berger.

世贸双子大楼也已被炸毁。过度拥挤的世界一年穷困过一年。你和迪诺看到的蓝天，如今安在？

是的，那些希望破碎了，你答道。但这真的改变了什么吗？人们依然用单独一个词祈祷正义，就像现在齐格·马利（Ziggy Marley）在你这个时代唱的那样。整部历史都是关于正被坚守，被遗失，又被更新的希望的。新的理论伴随着新的希望一同到来。但对于这个过度拥挤的世界，对于那些除了偶有勇气和爱、其他则拥有很少或一无所有的人来说，希望产生的作用就很不同了。那时希望就是他们要用牙齿紧紧咬住的东西。不要忘了这一点。做一个现实主义者。咬紧在牙中的希望，给予人坚持下去的力量，即便在劳役永远不会停歇的时候；给予人做出选择的力量，必要时不在错误的时间里怒骂；尤其给予人不去号哭的力量。一个衔有希望在他或她的牙齿间的人，是博得人尊重的兄弟姐妹。在这个现实世界里，心中不存希望的人，将注定孤独。他们能给予的最多也只有怜悯。并且，这些咬在牙间的希望，当它能令人们熬过长夜，憧憬新的一天，那么不论它是新鲜的还是破旧的，就并不会有什么不同。你要喝咖啡吗？

我去做一些咖啡。

我从阳台走开。当我从厨房端着两杯土耳其咖啡回来时，你已经离开。桌子上，在靠近粘着透明胶带的地方放着一本书，翻开的那页是你写于 1962 年的一首诗。

如果我是一颗悬铃树，我会在它的树荫中休憩
如果我是一本书
我会在无眠的夜里不倦地阅读，
我不愿成为铅笔，即使握在我自己的手指间，
如果我是一扇门
我会为好人开启，对恶人关闭
如果我是一扇窗，一扇宽大敞开不挂帘布的窗，
我会将这城市带进我的房间
如果我是一个词语
我愿为美好、正义、真实呼唤
如果我是消息
我将轻柔地诉说我的爱。[1]

---

1 Hikmet, *Under the Rain*（在雨中）, Trans., Özen Ozünerand John Berger.

我们在何处？

（2002年10月）

我想多少讲一点关于今天这个世界上有的痛苦。

消费主义已经成为这个星球上最强大、最具侵略性的意识形态。它致力于说服我们，痛苦是个意外事件，是我们可以投保预防的。这是此种意识形态的冷酷无情的逻辑基础。

当然，每个人都知道痛苦是生活的顽疾，每个人都想忘记这点，或让它看起来不那么绝对。曾有一个不存在任何痛苦的“黄金时代”，关于它陷落的神话的种种变体，都企图将在尘世遭受的痛苦相对化。也因此才有了“地狱”的发明，一个以痛苦为惩罚的邻国。“献祭”的发现也是这样。还有后来的，相当后来的，“宽恕”法则。人们可以提出哲学起源于这样一个问题：为什么会有痛苦？

然而，在说了所有这一切后，生活于现在这个世界上的痛苦，在某种意义上可能是前所未有的。

我是在黑夜中写作，尽管天时是白昼。2002 年 10 月初的一天。将近有一个星期，巴黎上空的天是蓝的。每一天太阳都落得比前一天早一点点，每一天都瑰丽至极。很久以前，许多人就担心，美军会发起对伊拉克的“防卫战”，这样一来美国的石油公司就可以得到更长久并且可能也是更安全的石油供应。而其他一些人则希望这种情况是可以避免的。在公开的决定与秘密的盘算之间，一切都隐晦不明，因为谎言在为导弹扫清道路。我在羞耻的暗夜里写这篇文章。

当说羞耻，我不是指个人的过错。羞耻，就我的理解，是这样一种感受，长此以往它会侵蚀我们怀抱希望的能力，阻止我们展望未来。我们垂下头颅，盯着自己的脚面，脑中仅仅只能想着要迈出的小小的下一步。

世界各地的人——各自身处不同的境遇——都在问自己，我们在哪里？这是一个有关历史的问题，而不是地理上的问题。我们正在经历什么？我们将被带往何处？我们失去了什么？生活如何继续，如果没有一个合情合理的未来可以期待？为什么我们失去了所有关于此生之后的看法？

见识丰富的专家回答道：全球化、后现代主义、通讯革命、经济自由主义。大词翻来覆去，避实就虚。面对“我们在哪里”这个令人苦恼的问题，专家们吞吞吐吐地说道：哪里也不在！

看到并宣告我们生活在前所未有的——最具侵透力，因而也最专暴的——乱世之中，难道不是更好？要抓住这一暴政的本质并不容易，因其权力结构（涵盖的对象从200家最大型的跨国公司到五角大楼）是互相咬合却又弥散开的，独裁专制却又隐匿姓名，无所不在却又无所在。其暴行自境外施展，这里的境外不是指财政法意义上的境外，而是在各种超出辖制的政治控制意义的境外。其目标是消除整个世界的地域性。其意识形态策略是，侵蚀现存世界，好令一切事物崩塌并落入它的虚拟异境，在那里有着源源不绝的利益，这便是暴君的信条，相形之下本·拉登的是个童话。听起来很愚蠢。可暴君本就愚蠢。我们面前的暴君正摧毁这颗星球上生活赖以运转的每一层面。

除意识形态外，暴君的权力还依托于这样两种恐吓。第一个来自世界上武力最强大的国家的空中干预。你可以叫它“B-52威胁”[1]（Threat B52）。第二个是来自严酷无情的债务、破产，鉴于当今世界的生产关系，还有饥荒。你可以叫它“零度威胁”（Threat Zero）。

羞耻源于这样的争论：现今世上的许多苦难是可以减少甚至避免的，如果我们采取某些实际也相对简单的举措的话。对这点我们多多少少都知道，但无能为力，也就置之不理了。今天，集会之时往往是人们饱受痛苦之时。

一个人仅仅因为得不到一天花费还不到2美元的医疗救治，就应该注定等死吗？这是世界卫生组织总干事于去年7月发出的质问。她谈论的是非洲和其他地方的艾滋病泛滥，这些地区在未来18年内将有近6800万人因艾滋病死去。而我谈的是生活在今天这个世界中的痛苦。

绝大多数关于未来会发生什么的分析和预测，都是被放置在各自所属的专门领域里展开与研究的，诸如经济学、政治学、媒体研究、公共健康、生态学、国防、犯罪学、教育等等，这很可以理解。但在现实中，每一个独立领域都与别的领域交织在一起，组成我们真实的生活世界。人

1 B-52是美国波音飞机公司研制的八发动机远程战略轰炸机的型号。——译注

们往往受害于那些一个个分门别类的错误，他们同时地、**无法割裂地**承受着这些痛苦。

举一个眼前的事例：上周几个库尔德人逃亡到瑟堡（Cherbourg）[1]，因为法国政府拒绝提供政治庇护，所以他们随时都可能被遣返土耳其。这些人赤贫如洗，政治上不受欢迎，没有土地，精疲力竭，身份非法，没有人为之代理。他们在同一秒钟里承受着上述每一项状况的折磨！

想要理解当前所发生的事，我们必须要有跨学科的视野，将惯常分立的各领域联结起来。而任何这样一种视野必定是政治的（指的就是这个词的原意）。从政治上思考全球事务的先决条件，就是要看到正在发生的这些不必要的痛苦的**整体性**。

我在黑夜中写作，但所见不只有暴政。如果只有暴政，我可能也就没有勇气继续写下去了。我看见人们沉睡，辗转反侧，起来喝水，嘟囔着他们的设想或他们的恐惧，做爱，祈祷，在家人都还酣眠时煮着食物，在巴格达，在芝加哥。（是的，我也看见永不屈服的库尔德人，4000 人众——在美国的默许下——被萨达姆·侯赛因用

1 瑟堡，法国西北部港口城市。——译注

毒气残杀。）我看见一位正在德黑兰工作着的糕点师；看见撒丁岛的一位牧羊人，被当成了盗匪，他正睡在自己的羊群边；我看见柏林腓特烈斯海因区的一个穿着睡衣的男人，正一边喝啤酒一边读海德格尔，他有一双无产阶级的手；我看见一艘载着非法移民的小船正驶离西班牙阿里坎特（Alicante）附近的海岸；我看见非洲马里的一位母亲，她的名字叫阿雅（Aya），意思是“出生在星期五”，正摇晃着孩子入睡；我看见喀布尔（Kabul）的废墟，一个男人正走在回家的路上。我还知道，尽管伤痛，幸存下来的人们在捡拾与收集能量上的聪慧灵敏却不曾稍减，在不断竞逐的聪慧之中，有某种精神价值，就像“圣灵”一般存在着。黑夜里，我对此完全确信，虽然不知道为什么。

*

一个多世纪前，德沃夏克（Dvorák）创作了《新世界交响曲》（*Symphony from the New World*）。这是他在纽约的音乐学院任院长时写下的作品。受此创作启发，18个月后，他又写出精妙卓绝的《大提琴协奏曲》（*Cello Concerto*）。在《新世界交响曲》中，他的波西米亚故土的地平线和连绵的群山化为了对新世界的憧憬希望。乐声毫不浮夸，而是宏伟、悠长，因为它们呼应着那些无权无势的人们的渴望，呼应着那些被误称为简单无知的人们的向往，呼应着 1787 年美国宪法所宣告的精神。

我不知道还有什么艺术作品能像《新世界交响曲》这样，如此直接却又强悍地（德沃夏克是农民之子，他的父亲曾希望他做一名屠户）表达出激励着一代又一代已成为美国公民的移民们的信念。

在德沃夏克看来，移民信念的力量离不开某种温柔和对生命的敬意，我们常常能在被统治者（区别于统治者）身上清清楚楚看到这些特质。正是因为传达出了这一精神，《新世界交响曲》才会在 1893 年 12 月 16 日于卡耐基音乐厅的首演中就被广为接受。

德沃夏克曾被人问到他对美国音乐的未来有何看法，他的回答是建议美国作曲家去听印第安人和黑人的音乐。《新世界交响曲》表达了一种消弭疆界的希望，但富于悖论意味的是，这首曲子之所以会受人欢迎却是因为它对家的观念的中心化。一个乌托邦的悖论。

如今，曾经激起人们怀抱美好希望的国家，其权力已经落入这样一群人之手：狂热者（除了不限制资本的权力，其余一切都企图压制）、傲慢者（只看到他们自己的火力）、伪善者（一切道德判断都是两套标准，一套给自己，一套给别人）和残酷无情的 B–52 阴谋家。

这一切是怎么发生的？布什、默多克、切尼、克里斯托尔（Kristol）、拉姆斯菲尔德（Rumsfeld）等等，他们是怎么做到的？这个问题只能是流于修辞的，因为它没有单个答案，而且这一提问本身也是徒劳无益的，因为没有哪一个回答能够动摇他们的权力。但在黑夜里这样发问，却是对已然发生的滔天罪行的揭露。我们在写出这个世界的痛苦。

我们必须驳斥新暴政的话语，它们全是胡说八道。在那些没完没了重复着的演讲、声明、新闻发布会和恐吓中，被翻来覆去地使用的词有民主、正义、人权、恐怖主义。每一个词放在这个语境里都指向了其原义的反面。

民主是关于如何决策的一套设想（绝少实现），它与竞选活动没什么关系。它承诺的是，在做政治决策之前，要与被统治者磋商，并根据磋商结果下决策。民主施行的前提是被统治者能够得知决策相关议题的充足信息，同时，决策者有能力和意愿去倾听民众的意见并依此去考虑问题。不应该把民主与二选一的“自由”、民意调查的公布或统计数据之中的人群等相混淆。这些只是民主的假象。

今日一些最重要的决策，那些使得不必要的痛苦与日俱增、遍布世界的决策，全都是独裁的产物，而从未有过公开讨论或民众参与。

军事战略和经济策略的专家现在都意识到了媒体的重要性。它的重要作用不在于打败眼前的敌人，而是在阻止和防御暴动、抗议或擅离职守的发生。暴君对媒体的操纵，映射着其自身的恐惧。当前的这位暴君就生活在对世人之绝望的恐惧中。这是一种太过深入的恐惧，以至于“绝望”这个形容词——除非当它意味着危险的时候——从来都不会被使用。

没有钱，人类的每一项日常需求都会变成一种痛苦。

*

面对暴政，每一种反抗形式，都是可以理解的。与暴君对话是行不通的。为了我们能够体面正当地活着与死去，事物必须得到正确的命名。让我们重造我们的词语。

我在黑夜里写下这篇文章。在战争里，黑暗不站在任何人的一边，在爱里，黑暗确认我们团结在一起。

反对恐怖主义的战争还是恐怖主义的战争

（2002 年 6 月）

2001 年 9 月 11 日当我看到电视里的影像时，即刻回想起 1945 年 8 月 6 日。就是在那一天的傍晚，我们在欧洲听到原子弹在广岛爆炸的消息。

两个事件之间最直接的一致是，火球毫无预警地从晴空坠落。两起袭击都发生在早晨，那正是目标城市的居民们开始工作、商店开门营业、学校里的孩子准备功课的时间。相似的一切化为灰烬，躯体炸飞空中，化为碎片残骸。两者都是新型毁灭性武器的第一次使用：六十年前的原子弹，去年秋天的民用航空飞机。它们引发的震惊疑惑和混乱失序，也堪一比。在爆炸中心区域的每一处，在每一件东西和每一具尸体上，都覆盖着厚厚的尘土。

当然，两起事件在背景情境和规模上的差异也相当巨大。曼哈顿的尘土并不是辐射性的。1945 年，美国已经对日本展开全面战争有三年之久。不过，这两起袭击都是作为一种宣言而被计划实施的。

无论看到它们中的哪一起，人们都会认识到世界已不再和从前一样了；危机无处不在，此后的生活，已经为一个刚刚开始的晴朗无云的早晨所彻底改变。

在广岛和长崎扔下的原子弹，宣告了美国自此以后成了这个世界的超级军事力量。而“9 · 11”恐怖袭击事件则宣告了这一超级军事力量不再能够保证自己的国土安全不受侵害。两起事件分别标志着一个特定历史阶段的开启与终结。

布什总统对“9 · 11”事件的回应，是发动他所谓的“反恐战争”，这场战争最初被叫作“无限正义”（Infinite Justice），之后改称为“永久自由”（Enduring Freedom）。在我所见到的对布什总统这一回应的评论和分析中，最尖锐也是最痛苦的一些，都出于美国公民之手。把“反美主义”（anti-Americanism）的指控加诸我们这些坚决反对华盛顿当局的人身上，是一种鼠目寸光的表现，他们制定的政策也是如此。这里有数不清的持反美主义的美国公民，而我们则与他们精诚一致。

当然，也有许多美国公民支持美国当局的政策，其中就包括六十位知识分子，他们签署了一份联合声明，着力于界定什么是通常而言的“正义”战争，以及为什么说发生在阿富汗的永久自由军事行动和正在进行的反恐战争是正义的。

他们辩称，一场正义战争的道德正当性在于，战争的目的是保卫无辜、对抗邪恶。他们从圣·奥古斯丁那里引用了这句话。此外还补充道，这样一场战争必须尽可能遵守非战斗人员豁免的原则。

如果用天真单纯的眼光去看这份声明（当然，这个文本被写下来，其动机既不是自发的也并非单纯的），我们会以为这是一群博学、斯文的专家，气定神闲地聚集在一座大图书馆里（也可能是某个游泳池边，在两个学期之间的假期里），他们有充足的时间静静反思，讨论犹豫之处，最终达成一个共识，给出论断。而且给人感觉，这个会议像是在某家传说中的六星级酒店里召开的，酒店占地极广，为高墙环绕，遍布警卫和岗哨，只有乘直升机才能进入。这群思想家和当地居民没有任何一点的接触。不可能碰面。

因此，在酒店高墙之外，于历史上真实发生的事，以及今时今日正在发生的事，他们是看不见，也不会知道的。“与世隔绝的豪华观光客伦理学”。

回到1945年的夏天。日本66个最大的城市，已经被凝固汽油弹烧为平地。在东京，100万平民无家可归，10万人死亡。据负责燃烧弹行动的柯蒂斯·李梅（Curtis LeMay）少将所言，这些人“被烧、被煮、被烤致死”。富兰克林·罗斯福总统之子和他的密友说，轰炸应该持续“直到我们将半数日本人口消灭为止”。7月18日，日本天皇致电罗斯福总统的继任杜鲁门总统，再次提出和平请求。但这份电报却被弃置一旁。

在广岛核爆的几天前，海军中将雷德福（Radford）扬言：“日本将变成一个没有城市的国家——变成游牧民族。”

原子弹在城市中心的一家医院上空投放，瞬间令十万人毙命，当中的百分之九十五为平民。还有十万人因烧伤与核辐射慢慢死去。

“十六个小时前，”杜鲁门总统宣布，“一架美国飞机在日本重要军事基地广岛，投掷了一颗炸弹。”

一个月后，由勇敢无畏的澳大利亚记者威尔弗雷

德 · 伯切特（Wilfred Burchett）带来的第一份躲过了审查的报告，描述了他在走访广岛的临时医院时目睹的灾难痛苦场景。

格罗夫斯（Groves）将军，旨在设计与制造原子弹的曼哈顿计划的军方负责人，急忙向国会保证核辐射不会造成“过多痛苦”，还有，“实际上，他们说这是一种非常舒服的死法”。

1946 年，美国战略轰炸调查团得出结论，“即使没有投放原子弹，日本也会投降……”

*

当然，像我这样把一系列事件草草描述而过，是过于简化的。曼哈顿计划于 1942 年启动，当时希特勒正取得节节胜利，确实有德国研究人员率先造出核武器的风险。但在这一风险消除之后，美国政府依然决定向日本投放两颗原子弹，这需要放在日本军队在东南亚做出的残暴行径与 1941 年 12 月偷袭珍珠港的这两大阴影下予以考虑。当时有一些美国将领和参与曼哈顿计划的科学家都曾尽自己所能，推迟或反对杜鲁门这项致命的决定。

最终，日本在 8 月 14 日无条件投降，然而在说了这一切，做了这一切后，我们无法，当然也不会，将之视作渴望已久的胜利来庆祝。因为在这胜利的中心是极度的痛苦和被掩盖的无知。

让我们想一想恐惧

（2003 年 4 月）

如果我们不能成功，那就有失败的危险。

——乔治 · W. 布什

巴格达陷落了。这座城市被要为它带去自由的军队占领了。医院里挤满了烧伤和伤残的平民，哀号一片，他们中的许多是孩童，所有人都是计算机控制下的导弹、炮弹、炸弹的受害者，而发射者正是这座城市的解放者。萨达姆 · 侯赛因的雕像被推倒了。同时，在五角大楼的新闻发布会上，拉姆斯菲尔德先生声称美国下一个要解放的国家会是叙利亚。

今天清早，我收到一封画家朋友发来的邮件："现在的世界让人看不下去，更不用说想了。"这是我们所有人的心声——但还是让我们想一想。

我们看一座熟悉的山，有些时刻它是不可重复的。这与特殊的光线、特定的温度、风及季节相关。你就算活了七世，也无法看到那一刻的山景重现；其面貌之独特，犹如早餐时从桌子对过投来那转瞬即逝的一瞥。山峰稳固不动，几乎可以被认为是不朽的，但是在熟悉它的人看来，山景绝无重复。它另有一种时间量度。

正在伊拉克进行的战争，每一个日夜都不尽相同，不同的悲伤、不同的反抗、不同的愚蠢。可这仍然是同一场战争。在开打之前，差不多全世界的人都认为这是有史以来最具讽刺意味的侵略战。在它所声称的原则与实际目的之间隔着一道鸿沟。发动这场战争是为了争夺世界上最丰富的石油储备的控制权；为了测试新武器，诸如电磁脉冲炸弹，各种残酷的杀伤性武器，其中有许多是军火商免费提供给五角大楼的，希望借此赢得针对日后战争的大笔订单。但首要的还是，为了向当前这个分崩离析的全球化世界展示什么是“震撼与威慑”！

可以说得更直白一点。美国绕开联合国发动这场战争的首要目的，就是为了向那些执意拒绝依从美国利益的首领、国家、群体和人民展示，他们将会面临何种下场。在布什当选之前，也即2001年9月11日的恐怖袭击发生之前，公司企业和战略规划圈里就有对这种展示之必要性的讨论，对此也有许多提案和备忘录留了下来。

“美国利益”一词在这里可能会引起混淆。它并不是指美国公民的直接利益，不论贫穷还是富裕；而是指最大型的跨国公司的利益，它们通常为美国资本所掌控，现在，如有必要，还由美国军队保卫。

9月11日后，拉姆斯菲尔德、切尼、赖斯、沃尔福威茨（Wolfowitz）以及各人公司，成功地终结了所有关于这样一种武力威慑的合法性或最终成效的争论。他们利用双子大楼袭击事件所激起的恐惧，试图获取媒体和民意的支持，以便单方面先发制人地打击任何被他们列为恐怖分子的目标。于是，世界市场被编织成星条旗，利润的制造（只有少数人能够）成为唯一不可剥夺的权利。

“恐怖主义是穷人的战争，战争是富人的恐怖主义。”剧作家彼得·乌斯蒂诺夫（Peter Ustinov）最近曾这样精辟地评论。

尽管声称伊拉克仍然藏有大规模杀伤性武器，是美国入侵伊拉克的所谓正当理由，但是可能还没有哪一场战争交战双方的军事力量相差如此悬殊。其中一方拥有日夜运转的卫星监控、B–52 轰炸机、战斧式巡航导弹、集束炸弹、贫铀弹，以及计算机控制的武器——这些武器太过复杂，以至于他们为此发展出了一套非接触作战的理论（和虚拟梦想）；而另一方有的是沙袋，老人挥舞着自己年轻时候用的手枪，几支敢死队，穿着破衣旧鞋、背着卡拉什尼科夫冲锋枪。常规武装部队也就是共和国卫队，他们中的大部分在第一星期就被炸没了。伊拉克部队和联军之间伤亡率对比，和“沙漠风暴”行动差不多，大概在1000 ∶ 1。

陆战部队在得到进攻命令后五天内就占领了巴格达。在对推倒独裁者巨型雕像这一命令的执行上，也遵循着同样的模式；被解放的人民手中只有铁锤，协助他们的美军则开着坦克和推土机。

军事行动速度之迅疾，令那些老实的记者相信（那些勇敢的当然不会），这次入侵正如此前所承诺，是一次解放运动！强权彰显了正义！与此同时，在历经了十一年的制裁禁运后，几乎被剥夺了一切的巴格达穷人，开始洗劫走空无人的公共大楼。混乱大幕开启。

*

回到山区。那里有着不同的时间量度，让我们从那处来看。拥有史无前例的武器优势的胜利者，注定会成为胜利者的胜利者，却表现出了恐惧。不只是带着防毒面具的海军陆战队员，他们被派遣到动荡国家，承受真实的沙漠风暴，更有远在舒适的五角大楼的一众发言人，在此之上，还有联合部队的各国领导人，他们正出现在电视上或在某个不为人知的地方进行着秘密会谈。

战争初期犯下了许多错误——士兵丧命于友军的枪弹之下，平民家庭被近距离地炸成碎片（“杀伤载具”行动）——据称这都是因为过度紧张造成的。

如果遭遇恐惧的伏击，任何人在任何时刻都会感到惊恐。然而“新世界秩序”的领导人，像是与“恐惧”联姻了，其下属指挥官和军士被灌输了满脑子的同样的恐惧。

这是一场怎样的联姻呢？“恐惧”的伴侣日日夜夜焦虑地沉浸于将一种半真相（half-truth）告知他们自己和其下属的行为之中。这种半真相希望将世界从它所是的样子变成它所不是的样子！差不多需要用六个这样的半真相才能编造出一个谎言。他们因此变得与现实脱节，却又不停地梦想着权力，当然也行使着权力。他们只能不停地吸收那些震惊，却又催化出更多。决断成为他们逃避疑问的常规手段。

他们与恐惧联姻，自然无法与死亡达成协议，也不给死亡留有余地。恐惧驱赶死亡，因而死者也遗弃他们。他们在这星球上孤独无依——而世界的其余部分却不是这样。这就是为什么——考虑到他们手握的权力，军事权力及其他，他们是危险的。极端的危险。而这也是为什么他们无法幸存。

在伊拉克战争进入到第 23 天的时候，混乱局面以指数级的速度急遽恶化。政权倒台。萨达姆 · 侯赛因失去行踪。空袭持续摧毁任何汤米 · 弗兰克斯（Tommy Franks）将军认为应该摧毁的地方。在巴格达与其他被解放城市的地面，一切东西都遭劫掠、偷窃、肢解，这些不只发生在被弃的市政大楼里，还有商店、民居和旅馆里，甚至连充塞着越来越多的伤患和无助垂危病人的医院里也是如此。巴格达的一些医生要持枪防卫才能诊治伤患，保住医疗设备。与此同时，解放和重创了城市的军队，却只能站在一边，惊愕、紧张、一筹莫展。

欢呼雀跃地推倒萨达姆·侯赛因雕像的戏码，早为五角大楼所预见，甚至被刻意准备过，因为它包含了一个半真相。这座城市所上演的全部真相则是无法预见的。国防部长拉姆斯菲尔德先生认为这混乱局面只是“有一点乱”而已。

当一个暴君不是被其人民而是被另一暴君所推翻，结局很可能就是陷入混乱，因为在这些人民看来，对任何社会秩序抱有的最后希望已被完全摧毁，于是求取个人生存的冲动压倒一切，劫掠自此开始。事情就是这样简单而骇人。但新暴君对绝境中的人民会怎样行事却一无所知。恐惧阻碍了他们的认知；他们孤零零地在这颗星球上；即使是死者也已经遗弃了他们。

石头

（2003年6月）

我想埃格巴尔·艾哈迈德（Eqbal Ahmed）是一个看见过生活全部面目的人。他机智、敏捷、不把时间浪费在蠢人身上、热衷烹饪，他是机会主义者的反面，是那些将生活过得支离破碎的人的反面。我写过一篇文章，讲述印巴分治时期他在比哈尔度过的童年。有一晚他在阿姆斯特丹的酒吧里告诉我这些事，我把它们写了下来。他读过后，要求我改个故事中他的名字。我照做了。故事说的是十七岁那年，是什么令他决心成为一个革命者。现在他已亡故，我将他的名字归还给他。

受弗朗茨·法农（Franz Fanon）著作的影响，尤其是《全世界受苦的人》（*The Wretched of the Earth*），他深深投入到数场争取解放的抗争运动中，包括巴勒斯坦人的解放运动。我记得他和我谈过杰宁（Jenin）。[1] 埃格巴尔晚年在巴基斯坦创建了一所自由思想的大学，以 15 世纪伟大的哲学家伊本 · 卡尔敦（Ibn Khaldun）的名字命名，这位哲学家在有社会学之前就设想过这一学科了。

埃格巴尔早就知道生命终将走向分离。在悲剧被当作垃圾丢弃前，每个人对此也都有意识。埃格巴尔清楚并接受悲剧。于是，他投入巨大的精力对联结的铸造上——友谊的、政治团结的、军队忠诚的、分享诗歌的、殷勤待客的。在历经不可避免的分离后，这样一些联结还能有机会幸存。我依然记得他做的那些饭菜。

我没有想到会在拉马拉遇到埃格巴尔。虽然很奇特地，当我在那儿拿起的第一本书，翻开第 3 页的时候就看到了

1 杰宁，约旦河西岸巴勒斯坦城市，1967 年的六日战争后被以色列占领。1996 年，依奥斯陆协议，以色列将杰宁移交巴勒斯坦民族权力机构管辖。据巴勒斯坦和以色列的观察员报告，杰宁难民营到 2002 年 4 月大约有 200 名阿克萨烈士旅、坦齐姆、巴勒斯坦“圣战”组织和哈马斯的武装人员在难民营活动。以色列政府指控，从 2000 年 10 月到 2002 年 4 月，从杰宁难民营策划并发动了 28 起自杀性攻击。2002 年 4 月 3 日凌晨，以色列国防军作为防盾作战的一部分开进杰宁和附近难民营，宣布它们为封闭的军事区，不准任何人出入并实行 24 小时宵禁。到 4 月 18 日以色列国防军撤离和取消宵禁为止，至少有 52 名巴勒斯坦人（其中一半可能是平民）和 23 名以色列士兵死亡，史称“杰宁大屠杀”。——译注

他的照片。不，我没有刻意寻找他。但是自从我决定造访这座城市起，他就一直在我身边。他给我留了一条消息，在我脑海的小屏幕上，我像看到一条短信一样地看到了它。

看那些石头！屏幕这样显示。

行，我回复，石头，我会用自己的方式看的。

有些树，特别是桑树和枸杞树，仍然在诉说着在多久以前，在另一个世代，在灾难日之前，拉马拉是一座供富裕家庭休闲和消遣的城市，是供耶路撒冷附近的居民在炎夏时节避暑的地方，是一个度假胜地。“灾难日”指的是1948年的大灾难，巴勒斯坦人1万被杀，70万被迫离开家园。

很久以前，拉马拉的新婚夫妇会在花园里种植玫瑰，以此寓意将来的和美生活。那里的冲击土质适合玫瑰生长。

如今的拉马拉是巴勒斯坦民族权力机构的首府。在市镇中心，没有一道墙壁不是贴满了死者的照片的。这些照片是在他们生前所拍，现在印成了小张招贴画。他们是2000年9月爆发的第二次巴勒斯坦大起义（the Second Intifada）中的牺牲者。其中包括所有被以色列军队和（以色列）定居者杀害的人，以及那些决定舍弃生命发起自杀式反击的人。这些面孔将这些零零落落的街道墙壁变成了某种亲密的东西，像装着私人证件和照片的钱包。钱包里有一个口袋是放磁片身份证的，证件由以色列安全部门发放，没有了它，巴勒斯坦人连几公里远的地方都不能通行。另外的口袋则是留给一些永久的东西。在张贴的照片周围，墙面上布满子弹坑和炸弹弹片留下的痕迹。

有一位年老的妇女，可能是好几只钱包里的祖母。有十来岁的男孩们，还有许多位父亲。听一听他们如何遭遇自己死亡的故事，有一个故事会让人想起贫困是什么样子。贫困迫使人为了一些微不足道的东西，做出最艰难的选择。贫困就是那样**微不足道地**活着。

墙上张贴着他们面孔的男孩子们，大部分都是在与贫民窟一样困窘的难民营里出生的。他们早早辍学，为家里挣钱，或帮父亲干活，倘若父亲有那么一份生计的话。有些男孩梦想着成为超级球员。他们中相当多的人，拿木头做弹弓，绑上双股绳子和皮兜，朝占领军打石子儿。

任何对冲突双方武器装备的比较，都会把我们带回到“贫困关于什么”的问题上来。一方是阿帕奇武装直升机、眼镜蛇直升机、F-16“战隼”战斗机、艾布拉姆斯主战坦克、悍马、电子监控系统、催泪瓦斯；另一方是弹弓、移动电话、磨损严重的卡拉什尼科夫冲锋枪、手制炸药。巨大的对比差距揭示了一些事情，是我在这些饱含伤痛的墙与墙之间能够感受到，却说不出来的。如果我是一名以色列士兵，不管配备多么精良的武器，最终我可能都会对此感到恐惧。也许这就是诗人穆利德·巴尔古提（Mourid Barghouti）所写的："活着的人老去，但烈士们却日渐年轻。"

以下是墙上的三个故事。

胡斯尼·内贾尔（Husni Al-Nayjar），十四岁。父亲是一名焊工，他给父亲做帮工。在朝占领军扔石头时，他被子弹一枪爆头射杀。照片里的他，目光平静凝视，直直投向前方。

阿卜杜勒-哈米德·哈提（Abdelhamid Kharti），三十四岁。画家兼作家。年轻时，他曾受训成为一名医学护士。他志愿加入医疗急救小组，拯救与照料伤者。他的尸体在一个检查站附近被找到，前一晚那里并没有冲突发生。他的手指被人切断，一根拇指就那么悬在那儿。一只手臂、一只手和他的下颌均被打断。在他的身上有二十处弹孔。

穆罕默德·杜拉（Muhammad Al-Durra），十二岁，住在卜雷吉难民营。他和父亲在回家的路上途经加沙的内特扎利姆检查站。士兵命令他们下车，并且已经开枪。他们两人立马躲到一道水泥墙后。父亲挥手向士兵示意他们在那儿，随即手遭枪击。稍后穆罕默德脚部中枪。父亲用自己的身体掩护儿子。更多的子弹打到他们身上，男孩被击杀。医生从父亲身上取出八颗子弹，在遭遇了一系列重伤之后，他瘫痪了，再也不能工作，一直处在失业的状态。因为这一事件凑巧被记录了下来[1]，故事被讲述，在世界各地流传开来。

我想为阿卜杜勒－哈米德·哈提画一幅素描。今天清早，我们去了一个名叫 Ain Kinya 的村子，在那边有一个贝都因人的营地，临近河谷。日头还不太烈。山羊和绵羊差不多都在帐篷周围吃草。我选了东面的山景画素描。我坐在一顶暗黑色小帐篷边的岩石上。手头只有一个本子和这支笔。地上有一个丢弃的塑料杯，这让我有了用它去取一些泉水过来，必要的时候，可以跟我的墨水混调的念头。

我画了一会儿，一个年轻的男人（营地里每一个没露

1 杜拉被射杀时，法国电视二台的巴勒斯坦籍记者塔拉勒刚好在现场，后者将这长达 45 分钟的血腥一幕完整地记录了下来，并随后发往全世界。——译注

面的人当然都注意到我了）走近，打开我身后帐篷的帐门。他进去，出来时拿着一把破旧的白色塑料椅，他表示这坐着可能会比岩石舒服一些。我猜，在他捡到前，这把椅子多半是被哪家糕饼店或冷饮店扔到街上的。我向他道谢。

我坐在贝都因人营地里的这把顾客椅上，阳光逐渐热烈，青蛙在几近干涸的河床上开始鸣叫，我继续画画。

在一座小山顶，往左几公里，是一处以色列定居点。看起来颇为军事化，仿佛可以快速拆装的武器部件。渺小而遥远。

面朝着我离得近的是一座石灰岩小山，状似一只沉睡的巨型动物的头。山上散布的岩石像是它虬曲的毛发上的刺结。忽然有点懊恼自己没带颜料来，我把杯子里的水倒到脚下的沙土里，拿手指蘸点泥，当作颜色抹画动物的头部。此刻阳光炙热。有驴在嘶鸣。我把笔记本翻面，开始画另一幅，一幅接着一幅。没有一幅像是画完了的。那名年轻男子终于又转回来，他想看看我的画。

我把翻开的笔记本举给他看。他微笑。我翻过一页。他指着，我们的，他说，我们的沙土！他没有指着画，而是指着我的手指。

然后，我们一起眺望山头。

我在被打败的而不是被征服的人群中，胜利者最怕他们。属于胜利者的时间永远是短暂的，属于战败者的时间不可计数的长久。他们所拥有的空间也不同。在这块有限的土地上，一切问题都关乎空间，胜利者对此心知肚明。他们极力维系的首先就是空间上的压制。他们采用种种非法的、蔑视国际法的手段施行压制，诸如通过设立关卡、毁坏古老的道路、新建的道路只准以色列定居者通行、在山顶建堡垒式的定居点以监控周围的台地、实行宵禁迫使人们昼夜待在室内直到禁令解除。在去年入侵拉马拉期间，宵禁持续了六个星期，仅在特定的几天里开放数个小时让民众采买物品。甚至没留给他们些许时间埋葬死在床上的亲人。

持异见的以色列建筑师埃亚勒·魏茨曼（Eyal Weizman）在一本颇具勇气的书中指出，这种全方位的地面控制，在区域规划师和建筑师绘制的地图上就已启动。早在坦克和吉普到达之前，暴力就已开始。他提到一种“垂直的政治”，战败者无论身在哪里，就算待在家中也可以被准确无误地**监控**和**谋杀**。

这对日常生活的影响是持续而不间断的。某人在某个早上只要想到说“我出去看看”，他就得先停下来，查一查自己出去的这一趟可能要经过多少个障碍关卡。做日常最简单的决定的空间都是束手束脚的，让人迈不开步。

此外，关卡的设置也常常变换，不可预料，时间也因此变得无法掌控。没有人能够知道这个早上自己得花多少时间才能去到想去的地方，上班、看望母亲、上课、看医生都是如此，之后也不知道要多少时间才能回到家里。出门的路途，无论是去还是回，有可能要 30 分钟，也可能要 4 小时，而且路还可能被扛着上膛冲锋枪的士兵直接封掉了。

以色列政府声称，为了对抗恐怖主义，他们不得不采取这些措施。这是虚假的辞令。施行压制的真正目的是要摧毁当地人时间和空间的连贯感，迫使他们要么离开，要么沦为契约佣工。就是在这里，死者帮助生者抵抗。就在这里，男人和女人决心殉难。压迫激起了志在战斗的恐怖主义。

有一条石头小路，夹杂着鹅卵石，一路延伸到拉马拉南部的河谷。它不时蜿蜒在古老的橄榄树丛林间，这林子里有许多树的年岁都可追溯到罗马时期。这条崎岖的小道（在什么样的车上都能感到这路途的颠簸），是巴勒斯坦人去往邻村的唯一通道。原来的柏油路——现已被禁止开放给他们——只留给定居点的以色列人用。我走在前面，因为终其一生我都觉得慢慢走会更累。我在灌木丛中看到一朵红色的花，停步摘下。后来我才知道它叫夏侧金盏花（Adonis Aestivalis）。它红得非常浓烈，它的花期，植物学书上说，很短暂。

巴哈喊我，让我留意别走到左边的高坡上去。如果他们发现有人靠近，就会开枪，他喊道。

我试着测算距离：不到一公里。几百米开外，在那个不建议走的方向，我看见被拴着的驴和马。我把它们看作是安全的保证，便走了过去。

途中，我看见两个男孩，大约十一岁和八岁，独自在地里干活。年纪小的那个正在装水，从埋在土里的桶子里舀水出来，装进罐子。他没有洒掉一滴水，那份仔细的神情表明了水在这里是何等的珍贵。年纪大的男孩带着装满的水罐，小心翼翼地爬到犁好的地里，浇灌作物。他们两个人都赤着脚。

浇灌的男孩招我过去，骄傲地向我展示成排的数百株作物。有一些我认得：番茄、茄子、黄瓜。它们一定是上星期里才种下的，植株尚小，索求水分。有一种我不认识，他注意到了。一盏大灯，他说。瓜？瓜（shumaam）！我们都笑了。他笑时的眼睛直率地望着我，毫不躲闪。（我想起胡斯尼·内贾尔。）我们活在同一个当下里——只有上帝知道为什么。他带我下到地里垄间，给我看他浇了多少水。有一刻我们停下来，四周张望一圈，眼睛瞥向了定居点的防卫墙和红屋顶。他下巴朝那个方向努了下，姿态里含着一种轻蔑，他想和我分享这种轻蔑，就像和我分享他浇水的骄傲一样。轻蔑转而为咧嘴一笑，仿佛我们约定了一起同时朝同一个地方撒尿。

之后我们走回崎岖石路。他摘了些薄荷，递了一把给我。薄荷的辛香气息，让人像喝了一口凉水，比水罐里的还要清凉的水。我们朝马和驴子走去。马被卸了鞍，套着缰绳，但既没有辔头也没有马嚼子。他想展现点什么给我看，要比那幻想的撒尿更让人难忘的东西。趁弟弟安抚驴子的时候，他翻身跃上没装马鞍的马背，当即沿着我来的路，疾驰而下。马有六条腿，四条是它自己的，两条属于它的骑手，男孩的手操控着一切。他骑着马，把好几辈子的经验都用上了。回来时，他咧嘴笑着，第一次露出羞涩的表情。

巴哈和其他人已经走到一公里开外，我赶了上去。他们正和一个男人说着话，是这男孩的叔叔，他也在给刚种下不久的作物浇水。太阳即将落山，光线渐暗。整片风景里的主色调是土地的黄褐色，凡浇灌过的地方颜色便显得更深。他正用500升装的深蓝色塑料桶里剩下的最后一点水浇地。

蓝色的桶面上，有十一处仔细贴好的补片。像是补破洞那样，但面积更大一些。男人说，水桶是被哈拉米许（Halamish）定居点的一伙人给搞破的，就是那个有着红屋顶的定居点，有一晚他们过来这边，发现这些桶里盛满了春天的雨水，就拿刀子把它们捅破了。他跟我解释他是怎么修补水桶的。躺在底下阶地上的那个水桶就是补不起来的。在同一层台面的远处，立着一段多节的橄榄树桩，从树围上看，应该有好几百岁了，或者可能有上千岁了。

男孩的叔叔说，几夜前，他们用链锯把它锯断了。

我再引用穆利德·巴尔古提一段话："对巴勒斯坦人来说，橄榄油是旅人的礼物，新娘的慰藉，秋天的馈赠，储藏室里的珍宝，累世的家庭财富。"

后来，我读到扎卡利亚·穆罕默德（Zakaria Mohammed）的一首诗，名为《马嚼子》(*The Bit*)。讲的是一匹不套辔头的黑马，鲜血从它唇间滴落。扎卡利亚的马边上也有一个小男孩，为这血所震惊。

黑马在嚼着什么？

他问，

它在嚼什么？

黑马

正在咬

一只铁铸的嚼子

一只记忆的嚼子

格格地咬着

一直咬到死。

如果送给我薄荷的男孩年纪再大个七岁，不难想象他为什么会去加入哈马斯，随时准备着牺牲自己的生命。

在拉马拉的中心，陷落的阿拉法特官邸，那些碎水泥石板和倾圮的墙体的重量，呈现出一种象征性的庄严。但不是以色列的指挥官们想象的那样。对他们而言，将阿拉法特与其伙伴所身处的穆卡达官邸轰得粉碎，是一种对阿拉法特的公开羞辱。就好比军队有组织地突袭和搜查私人住宅，番茄酱沾满桌布、家具和墙壁，也是一种私下警告一样，都为了表明后面还有会有更坏的事。

阿拉法特仍然代表着巴勒斯坦人民，或许比世界上任何其他领导人都更为忠实地代表着自己的人民。不是民主地代表，而是悲剧性地代表。因而才用了这种庄严。由于在他领导下的“巴勒斯坦解放组织”（PLO）犯下了种种错误，也由于周边的阿拉伯国家含糊其辞的态度，阿拉法特在政治策略上没有多少回旋余地。他已经放弃做一名政治领袖。但他还是大胆地留在了这个位置上。没有人相信他。但许多人却还是会为他付出生命。为什么会这样？在不做政治家之后，阿拉法特成了一座瓦砾山，但却是一座祖国的山。

我从未见过这样的光。它以一种奇特的均匀从天空中照下来，在它的照射下，远近没有差别。远和近之间的差别是就比例而言的，与色彩、质地及精度毫无关系。而这会影响你立身处世的方式，会影响你对身在此处（being here）的感知。土地环绕着你，而非面对着你。这与人在亚利桑那的感受是截然相反的。它不去诱惑你，它命令你永远不要离开。

所以我才在这里，这光指向了一个形象，一个存在于我的一些生活在波兰、加利西亚和奥匈帝国土地上的祖先必定已经培育和诉说了至少200年的梦中的形象。而在这里，我毫不犹豫地认为自己与正义的事业同在，以色列国（和我的同族们）的压迫带来的痛苦已到了极其可悲的极权主义的程度之上。

利亚德是一名木工师傅，他去取他的画给我看。我们坐在他父亲家的花园里。父亲带着他的白马正在另一边的田里松土。利亚德回来时抱着他的画作，像抱着一摞从旧式档案柜里取出来的文件。他走得很慢，小鸡们比得他更慢地踱开让道。他在我对面坐下，把画一张张递给我看。它们都是用硬芯铅笔画的，利亚德以极大的耐心画下了记忆中的事物。在一日的劳作结束后的夜晚，一笔一笔地画着，直到那黑变成他想要的黑色，那灰保持着银色的光泽。它们被画在相当大张的纸上。

有一张画了大水壶。一张画他母亲。一张画了被毁坏的房屋，房间不再，只余窗户。

当我最后放下这些画时，一位老人，有着一张农民的坚忍面孔，向我说话。你好像对鸡有点了解，他说。母鸡要是生病，就不孵蛋了。什么也不干。有一天，它醒来，感到死神接近。有一天，它知道自己要死了，会发生什么？它会重新开始孵蛋，没有什么可以阻止它，除了死。我们就像那只母鸡。

检查站起着内部边界的作用，被强加于被占领土之上，但它们又不像任何常规的边境哨所。每一个经过的人都被划归为可鄙的难民，检查站就是以这样的方式被建构与运作的。

人们没有办法低估这种建筑所起的压制作用，它一直被用于提醒人们谁是胜利者，谁又应该认清自己是被征服的人。巴勒斯坦人不得不忍受这样的羞辱，在自己的国土上扮演难民——常常在一天里都要演上数次。

每一个要经过的人，都必须步行通过检查站。士兵早已荷枪实弹在候，想要检查哪个就检查哪个。车辆不得通行。原有的路早就被毁了。新的规定“通道”布满了大石块、石头和其他小型障碍物。因而，所有人，即便是身强力健的人，也只能蹒跚而过。

病人和老人被安置在四轮的木箱子里，由青年男子推过去。这种箱子原本是市场里面运蔬菜用的，青年男子靠此挣一点微薄的收入。他们给每位“乘客”一个坐垫，用来减轻颠簸。他们倾听乘客的故事。他们总是知道最新的消息。（关卡每天变换。）他们提供建议，他们悲叹，他们骄傲于自己所能提供的小小帮助。他们这群人也许是最近似于古希腊悲剧中的歌队的。

有些“通勤者”步行穿越的时候要借助棍子，有些甚至要用上拐杖。所有通常装在汽车行李箱里的东西，在这里都得呼哧呼哧地肩挑手扛。穿行的距离可能在一夜间就会变掉，从 300 米到 1500 米不等。

巴勒斯坦夫妇，除了那些精于世故的年轻夫妻外，一般都会恪守礼节在公共场合保持适当的距离。在通过检查站时，所有的夫妻，不论老少，都会紧握双手，寻找每一脚踏出去可以放下的位置，精心计算可以通过瞄准镜的恰当步速，既不能太快——急匆匆的会引起怀疑，也不能太慢——踌躇不前则会挑起守卫“游戏”一下的念头，来排遣他们长期的无聊。

许多（不是全部）以色列士兵的恶毒是很特别的。它与欧里庇得斯描写和哀叹过的残忍没什么关系。因为这里对抗的双方并不平等，一方强大到无所不能，另一方明显的孱弱无力。但伴随着这一强权力量的是一种巨大的挫折感：因为他们发现自己虽然拥有这一切的武器，但他们的权力却依然有某种难以解释的限制。

我想拿欧元换一些谢克尔（shekels）[1]——巴勒斯坦人没有自己的货币。我沿着主大街走，路过许多家小店铺。不时地会看见男人坐在椅子上，在坦克入侵前，那地方原本有一条人行道。男人们手里拿着一沓钞票。我朝一个年轻人走去，说我想换100欧元的谢克尔。（这样的数额可以在金店里给小孩子买一只手镯。）他用儿童用的便携式计算器算了一算，然后递给我数张100面额的谢克尔。

我继续走。一个男孩，看年纪大约是戴着那只想象中的金手镯的女孩的哥哥，他拿着一些口香糖向我兜售。他来自拉马拉两个难民营中的一个。我买了口香糖。他还卖可以装身份磁卡的塑料封套，可以放到钱包里。他那皱眉愁苦的表情令我想要买下全部的口香糖。我这么做了。

半小时后，我来到蔬菜市场。有个男人在卖电灯泡那么大的大蒜。那儿有很多人挤成一团。有人拍了拍我的肩膀。我转身。是那位货币兑换商。我少给你了五十谢克尔，他说，在这儿，拿着。我收下五张十面额的纸币。很容易

1　以色列法定货币。——译注

找到你，他补充说。我向他道谢。

他看着我时的眼神，让我想起我前一天见到的一位老妇人。神情里是对当下时刻的极大关注。冷静而深思熟虑，仿佛这一刻就是可以想到的最后一刻。

随后货币兑换商转身，开始往回走长长的路，走回椅子那儿。

我是在一个叫 Kobar 村子里遇到这位老妇人的。房屋是水泥造的，没建完，七零八落的。空荡荡的客厅里，墙上挂着好些相框，上面都是她侄子马尔万·巴尔古提（Marwan Barghouti）的照片。小男孩儿时期的马尔万，青少年时的马尔万，四十岁男人时的马尔万。现在他在以色列的监狱里。如果他能活下来，他会是法塔赫[1]（Fatah）里少数几个政治领袖中能够洽谈任何实质性的和平协议的关键人物。

我们喝着柠檬汁，马尔万的姑妈在煮咖啡。她的孙儿们跑出来，跑到花园里：两个男孩，一个大约七岁，一个大约九岁。年纪小的名叫祖国（Homeland），年纪大的名叫斗争（Struggle）。他们东奔西跑，然后会突然停下，日

1 法塔赫是“巴勒斯坦民族解放运动”的通称，由亚西尔·阿拉法特于 1959 年创立，是巴勒斯坦解放组织中最大的派别。——译注

不转睛地看着对方，就好像他们正藏在什么东西后面一样，探视对方是否发现了自己的踪影。接着他们会再跑到另一个看不见的地方躲起来。这是他们自己发明的游戏，一起玩了好多次。

老三，四岁大。他脸上像小丑似的，抹得红一块白一块的，而他站在一旁也确实像小丑，满脸渴望地看着，乐呵呵地，不知道游戏什么时候会结束。他在出水痘，知道自己不能靠近客人。

要告别的时候，马尔万姑妈握着我的手，她的眼睛，流露出独特的神情，是那相同的对当下时刻的专注。

如果两个人一起给桌子铺桌布，他们会用余光来确认彼此来确定铺的位置。想象世界就是这样一张桌子，桌布是我们必须要拯救的生命。就是这样的神情。

有一只小小的黄铜杯子，叫作“恐惧之杯”。杯上镶嵌有金银丝的几何纹饰，刻有排成花朵形状的《古兰经》经文。将杯子注满水，星空下放一夜。然后饮下杯中水，同时祈祷，你的痛苦将会得到平复，你将得到医治。对于许多疾病，“恐惧之杯”显然不如一个抗生素疗程有效。但是一杯映照过星辰时间的水——《古兰经》上说，所有的生物都是用水创造的——也许能够帮助人们抵抗压迫……

离开拉马拉后的两个星期，我在法国西北部的菲尼斯泰尔（Finistere），眺望大海。两地的气候和植被天差地别。唯一的共同处是茂盛的黑刺莓。菲尼斯泰尔海岸长满绿色蕨类，连岩石都被覆盖。海水每半小时变换一次颜色，在它的冲击下，岸礁碎裂成无数个小岛。欧洲的西海岸，从英国的康沃尔一直到西班牙的加利西亚，被称作陆地的尽头。在这里，陆地隐没于蕨类植物之中，小岛如卵石。

我来这里看世界上最古老的纪念碑，它建成的时间比最早的金字塔还要早上一千年。它也是为墓葬用而建。我的目力所及，埃格巴尔（Eqbal），是一堆的石头。旅游指南上称它为石塚。

但它远不只是石塚那么简单，而是精心布局过的石雕。每 40 厘米，便会有一处类似手写记号的东西。它长逾 40 米，宽约 25 米，高 8 或 10 米，每个方向上都是一块石头叠着另一块石头，垒叠而上，这让这些石头看起来像是一个个手写的字。

想象一艘船的夹板。船朝西北方向驶离莫尔莱（Morlaix）湾，她可以一路向西，往美国航行。这只船有着荷马时期风格的船首（当地有传说奥德修斯在去往科克时曾途经这片海岸），既然船身由石头建造，那么她自然是嫁给了大地！

根据放射性碳定年法的测定，这艘船至少建于6000年前，是分两次建成的。最先是船尾部分，用的是淡绿色的变质粗粒玄武岩，很像沿着海岸长满的蕨类植物下的酸土。之后，过了一两百年，船首才被加上，大部分用的是燕麦色的花岗岩，它们产自一个叫Sterec的小岛。

还有第三次的建造，建的可能是第二艘死亡之船，但它却在20世纪50年代被完全毁弃了。在那时，掩埋在地底多年、为草丛所覆盖的整个区域，正被开发成一处采石场，船上的石料被用去做了砂石！

考古学家推断，在这两次建造中，船体的每个部分都是在几个月内就完工的。如此，考虑到所需的劳动力，就可以推测出曾有一个由数百人组成的移民群体为此在一起工作过。

大部分石块的体积和重量，都正适合于让一个壮年男子双手搬运。也有更小一些的石块，拳头那样的大小，用来填补大石块间错落的空隙。

船的夹板平滑，没有凹凹凸凸。有一些巨石比人还高，用作通道入口的过梁，或者有时用作拱形舱房的顶板。在下层甲板上，有二十二条无浆干砌的通道，从左舷至右舷，可通向十一间拱形舱室，这是安置死者的地方。

我循着这样一条通道走过去，像一个句子通往中心。在这里，在这半毁的神殿之中，我凝视着托撑的石头，它们与这片海滩上无数其他的石头没有差别，但在这里，它们言说并且是雄辩的，这要归因于其排列的方式。

混乱或许有其原因，但混乱没有言语能力。语言和沟通由人的分类与安置能力而来。安置（place）一词，既是动词，也是名词。分类的能力，辨认场所并为其命名的能力。在源于敬畏和守护死者这一人类需求的血统之中，它们两者难道不是不可分离的吗?

我想到一个怪异的类比。驱策数百人一同劳作，耗费数月建造这样一艘石船的，与驱策巴勒斯坦孩子朝占领军的坦克扔石头的，或许是某种非常近似的东西。

我们脑海中的悲剧歌队或
皮埃尔·保罗·帕索里尼

（2006 年 6 月）

如果我说他像天使，我不能想象对于他我还能说出什么比这更愚蠢的话。科西莫·图拉（Cosimo Tura）[1]画的天使？不，他说话的样子别说还确实很像图拉画的圣乔治！他憎恶教会公认的圣徒和赐福的天使。何以这样说？因为他那惯常的深重忧愁还能让他分享笑话，他脸上痛苦的神情还能在传递笑声的同时，猜测着谁最需要这笑声。他的碰触越是亲密，也就越明晰！他可以温柔地低声对人们诉说将会发生在他们身上的最悲惨的事，而他们的痛苦似乎多少轻了一点。“……因为我们不会拥有不带一丝希望的

1　科西莫·图拉（1430—1495），意大利早期文艺复兴画家，被认为是费拉拉画派的创始人之一。——译注

绝望。”“Disperazione senza un po'di speranza.”[1]——皮埃尔·保罗·帕索里尼（Pier Paolo Pasolini，1922—1975）。

我想他对自己有过许多的怀疑，但应该不会怀疑自己的预言天赋，对这点或许他也曾想要怀疑。因为他拥有先知的能力，他能给生活在今天的我们带来帮助。我刚刚看完一部他在1963年拍的电影。令人吃惊的是，这部电影从未公开上映。它像是一条被放进瓶子里的警世格言，四十年后被冲到了我们的海滩上。

早些年，许多人并不是通过看电视新闻，而是通过在电影院里看新闻影片来了解世界大事的。1962年，意大利的新闻影片制作人G. 费兰蒂（G. Ferranti）想到了一个聪明的主意。他愿意对当时已经声名在外的帕索里尼开放自己从1945年到1962年间的所有新闻档案，以求回答这样一个问题：为何全世界都惧怕战争？帕索里尼可以编辑任何他想要的素材，写入画外音评论。而作为成果的片长一小时的影片则被寄望可以大大提高公司的声望。他们要探讨的问题炙手可热，因为彼时对另一次世界大战的恐惧确

1 “Disperazione senza un po'di speranza”意大利文，意为“不带一丝希望的绝望”——译注

实流布极广。1962年10月，一场核弹头危机在古巴、美国和苏联之间爆发。

那时的帕索里尼已经拍出《寄生虫》(*Accattone*)、《罗马妈妈》(*Mamma Roma*)、《软奶酪》(*La Ricotta*)。他以自己的理由接受了邀请。他爱历史，又与历史对战。他拍完片子，将它取名为《愤怒》(*La Rabbia*)。[1]

制片人看完后，害怕畏缩了，坚持要拍第二部分，由知名右翼记者乔瓦尼·瓜雷斯基（Giovanni Guareschi）执导，然后将两个影片合为一部上映。但最终却一部也没有上映。

我想说，不是愤怒，而是对苦难的强烈感受激发了《愤怒》的创作。帕索里尼以无所畏惧的清醒注视着世上发生的事情。（伦勃朗画的天使也有相同的凝视目光。）他这样做是因为现实是我们所能爱的一切。除此之外，没有别的了。

他揭穿伪善、半真相、贪婪和权势的矫饰。因为它们助长和滋生无知，而无知是对现实的一种盲目无视。还因为它们玷污记忆，包括语言本身的记忆，这是我们继承的

---

1 *La Rabbia*. Produced by Gastone Ferranti (OPUS Film), Galata presentation, 1963.

第一笔遗产。

不过他所爱的现实，让人完全无法认可。因为那时社会上反映出来的是一种太深的历史失望感。1945 年法西斯主义的失败以后绽放与展现出的古老希望，现在已然被背叛。

苏联入侵匈牙利。法国卑鄙地对阿尔及利亚开战。等待着原先非洲殖民地的独立运动的，是一场以死亡为主题的游戏。卢蒙巴（Lumumba）[1] 政权被美国中情局培植的傀儡推翻清算。新资本主义早就开始了它的全球接管计划。

尽管如此，现实留给我们的依然弥足珍贵，也顽强到不是我们能够抛舍得掉的。或者可以这么说，无所不在的现实需求，即便没有被说出来，也让人无法忽视。这需求显现为披在身上的披肩。显现为年轻人的脸庞。显现为人群涌动的街头对少一些不公义的请愿。显现为他们期盼的笑声与粗鲁的笑话。他对苦难的愤怒由此而来。

帕索里尼对前面那个问题的回答非常简单：阶级斗争解释了为何会有战争。

《愤怒》的结尾是加加林（Gagarin）的一段虚拟独白。

1　刚果民主共和国首任总理，1960 年 9 月被推翻，后被捕遇害。——译注那时他已经从外太空看过这颗星球。他发现，如果从那样的距离观看，所有的人都是兄弟，他们应该放下一切的流血争斗。

但这部影片主要是关于这样一些经验，问题和回答都不予考虑的经验。关于无家可归者的冬天的寒冷；关于回想革命英雄时会有的暖意；关于自由与仇恨的不可和解；关于教皇若望二十三世的农民智慧，他笑起来时眼睛仿若乌龟；关于斯大林的过错，也即我们的过错；关于认为斗争都已终结的邪恶诱导；关于玛丽莲·梦露之死，以及美如何成了在往昔的愚蠢和未来的野蛮里唯一幸存下来的东西；关于在有产阶级那里自然与财富何以就是一回事；关于我们的母亲和她们世代不绝的眼泪；关于孩子的孩子的孩子；关于尾随在崇高的胜利之后的不公不义；关于索菲亚·罗兰[1]看着渔人剖杀鳗鱼，眼中毫无惊惧之色……

给这部黑白影片旁白配音的是两个不具名的人，这两人其实是帕索里尼的朋友：画家雷纳托·古图索（Renato Guttuso）和作家乔治·巴萨尼（Giorgio Bassani）。他们一个声音像急迫的评论员，一个声音像某个半历史学家半诗

1 索菲亚·罗兰，意大利著名女演员，奥斯卡最佳女主角奖和终身成就奖得主。——译注

人的人，一种预言家的声音。影片涵盖的主要新闻有 1956 年匈牙利革命、艾森豪威尔第二次竞选总统、伊丽莎白女王加冕、卡斯特罗在古巴的胜利。

第一个声音告知我们信息，第二个声音提醒我们记住。记住什么呢？不是那些我们已经遗忘的事（情况要更狡诈一点），而是那些我们选择遗忘之事，孩提时代起就选择遗忘。可帕索里尼从小就什么都忘不了，于是他便在长久共存的记忆中寻找着痛苦与快乐。他让我们为自己的遗忘而羞愧。

这两个声音响起犹如古希腊悲剧中的歌队。他们不去影响出现的影像画面。他们不做解释。他们提问、倾听、观察，然后就那些观众或多或少会有难以言表的感受的部分发出评论。

他们能够做到这点，是因为他们意识到语言为演员、歌队和观众所共享，它是长久以来人所共通的经验库。语言本身就与我们的反应声气相通。我们骗不过它。发声评论并不是为了要发表什么高见，而是因为面对人类的这段经历与痛苦，如果那些该说的话他们没有说，那会是令人羞耻的。如果真对这一切沉默不言，生而为人的能力就将逐渐衰退。

在古希腊，歌队不是由演员，而是由男性公民组成的，由歌队指挥也即队长来挑选当年的人选。他们来自广场（agora），代表着城邦。作为歌队，他们要表达几代人的心声。当他们说出民众早已知晓的事情时，他们是祖父辈人。当他们说的是民众可感知但无法明言的事情时，他们是尚未出生的人。

所有这一切都由帕索里尼外加他的两个配音一力完成。他愤懑地穿行于古老的世界。这个世界将随着最后的农民消逝而去，未来的世界狰狞算计。

在许多时刻，这部电影提醒着我们理性解释有其局限，而那些频频说及的词诸如乐观主义、悲观主义又是何其粗鄙。

电影里我们可以看到，欧洲和美国最好的头脑都在理论上解释着在古巴死去（与卡斯特罗战斗而死）意味着什么。然而，死亡在古巴——在那不勒斯或塞维利亚——到底意味着什么，只能在歌声与眼泪中被带着怜悯地诉说。

在另外的时刻，它告诉我们所有人都有权梦想，就像我们的祖辈一样。但它还补充道：只有革命可以保存过去。

《愤怒》是一部关于爱的电影。它的清醒堪比卡夫卡的箴言："'善'在某种意义上是不适的表现。"

这就是为什么我会说帕索里尼像天使。

电影只有一小时长，在四十年前被塑造、权衡和剪辑出的一小时。它是如此迥异于我们现在看的新闻评论和提供给我们的各类资讯，当这一小时结束，你会告诉自己如今被毁灭的甚至被灭绝的不仅仅只有动物和植物，岌岌可危的还有我们人类的价值体系。有组织地喷洒在后者身上的，不是杀虫剂，而是人性灭除剂——灭杀伦理道德，连同任何历史与正义的观念。

灭除的重点目标是我们从分享、赠予、安慰、哀悼、希望等人类需求中进化而来的价值观。大众媒体昼夜不停地喷洒着这种人性灭除剂。

也许这种药剂还没达到掌控者所指望的那么有效、那么迅捷，但它们已经成功地埋葬和掩盖住了位于中央的公共论坛（public forum）所展现和要求的想象空间。（我们的论坛无所不在，但此刻它们却被边缘化了。）在被掩埋的论坛的荒原之上（这让人想起他就是在荒地上被法西斯主义者刺杀的），帕索里尼带着他的《愤怒》与我们汇合，还有他是如何将悲剧歌队带到我们脑海中的不朽示范。

冷酷大师？

（2004年5月）

看了巴黎马约尔博物馆（Maillol Museum）的弗兰西斯·培根（Francis Bacon）特展。读了苏珊·桑塔格那本《关于他人的痛苦》（*Regarding the Pain of Others*）。展览概要地展出了画家漫长一生中的作品。这本书对战争、肢体残毁、战争摄影的影响做了出色的探索思考。在我的脑海里，这书和展览之间隐隐地互相指涉。但我不大确定是如何指涉的。

作为肖像画家，培根有着弗拉戈纳尔[1]（Fragonard）的狡黠。（这样的比较可能会引他发笑，两人都是在描绘身

1 让-奥诺雷·弗拉戈纳尔（Jean Honoré Fragonard）是18–19世纪法国洛可可风格画家中的代表人物之一。——译注

体感官上卓有造诣的画家——一位专注于愉悦，一位专注于痛苦。）培根的狡黠很可以理解地刺激和挑战了至少两代画家。如果在过去的五十年里我曾批评过培根的作品的话，那是因为我认为他画画是为了震惊世人，包括自己和别人。而出于如此动机而被创作出来的绘画，我相信随着时间推移其惊异的效果也会淡去。上个星期，在格勒奈尔大街（Rue de Grenelle）[1]，当我在这些画前来回踱步时，我察觉到了一些从前我不大理解的东西。忽然间，我对这位画家充满了感激，而我此前却曾长时间地质疑他的作品。

从 1930 年代末直到他去世的 1992 年，培根看到的一直都是一个冷酷无情的世界。他反复地画那些令人感到不适的人体或部分身体，或肢体残缺或垂死挣扎。有些时候，画里所表现的痛苦像是外界施加的，但更多时候是由内部生出的，像是身体脏器自发的痛苦，拥有肉身的不幸。培根有意玩转自己的名字来制造迷思，这点他成功了。他声称自己是与他同名的那位 16 世纪英国经验主义哲学家的后裔，他把人体当作一片烟熏肋条肉那样来画。

但并不是这些行为让他的世界比从前创作的绘画更残

1　马约尔博物馆就位于巴黎格勒奈尔大街的一侧，在这里伯格用“格勒奈尔大街”代指马约尔博物馆。——译注酷无情的。欧洲艺术里遍布刺杀、行刑和迫害。在戈雅那里，他是20世纪第一位艺术家（是的，20世纪），人们可以听见画家自身的狂暴。培根眼中景象的不同之处在于，那里没有见证人，也就没有悲痛。他画中的人物没有一个会注意画里其他人物身上在发生着什么事。这种无所不在的冷漠比任何残肢断臂都更显残酷。

此外，他将画中人物放置到哑然无声的情境里。这种无声状如冰柜里的寒气，不管你放什么东西进去，寒气都会保持不变。不同于阿尔托（Artaud）[1]，培根的剧场与仪式无关，因为他的人物的周遭空间不接收他们的姿态动作。上演的每一个不幸事件都仅仅作为间接的意外来呈现。

在他一生当中，这种景象经常出现在一个非常边缘的波西米亚圈子的情节剧里，这个圈子里没有人会在意世界上其他地方发生什么。然而……然而，培根于其中招魂与驱魔的冷酷世界却被证明是预言性的。一位艺术家的个人戏剧反映出了半个世纪里整个人类文明的危机。怎么会这样？不可思议。

这个世界不一直是残酷无情的吗？今天的冷酷也许更顽

1　安托南·阿尔托，法国戏剧理论家，提出“残酷戏剧”理论，对让·热内、尤涅斯库等人的荒诞派戏剧有重大影响。——译注固、更无孔不入也更持久。这颗星球与生活在星球上的人，它一个也不放过。它是抽离的，因其派生于追逐利益的单一逻辑（冰冷如冰库），威胁要废弃掉所有其他信仰，连同人类借由尊严和些微的希望来面对生活的残酷性的传统。

回到培根和他的作品所揭示的东西。他入迷地运用之前一些画家的图像语言和主题，诸如委拉斯凯兹、米开朗琪罗、安格尔和凡·高。这种“连贯性”使得他看到的毁坏要更加彻底。

文艺复兴对裸体的理想化、教会对救赎的承诺、古典主义的英雄观，抑或凡·高狂热的 19 世纪民主信念，所有这些在培根眼中都成了碎片，它们在面对残酷时显出无力。培根捡起这些碎片，把它们当药棉用。这是我以前没有理解到的。这就是他给我的启示。

这个启示坚定了这样一个想法：在今天，与传统语汇牵扯在一起，就如同受雇于权力和附庸在权力之上的媒体，只会加重身遭的黑暗和毁坏。但这并不一定意味着沉默。这意味着要选择我们愿意加入其中的声音。

当前的历史阶段是“墙”的时期。当柏林墙倒塌之时，各地建墙的预案已经展开。水泥之墙、官僚之墙、监控之墙、安保之墙、种族之墙。每一堵墙都将绝望的穷人与对维持自己相对富有的地位抱有一线希望的人隔离开来。墙凌驾在每一个层面之上，从作物种植到医疗保健。在世界上最富裕的大都市里也一样有它的存在。墙是早前所谓的“阶级战争”的前线。

墙的一边：可以想到的各式武器、零伤亡战争的美梦、媒体、富足、卫生保健、诸多诱人的密语。墙的另一边：石头、物资短缺、血仇、暴力报复、疾病肆虐、直面死亡与多活一天是一天（也可能是多活一周是一周）——两种心态并存。

在今日世界，对意义的选择就是在墙的两面之间做出选择。墙也在我们每个人的内心里。不管我们身处何境，我们可以在内心选择与墙的哪一面同声相应。墙并不是隔在善与恶之间，墙同时存在于善恶这两面之中。这选择处于尊重自己与浑浑噩噩之间。

在权势的一方是对恐惧的一再顺从——他们从未忘记墙的存在——以及高谈阔论着那些毫无意义的字词。这便是培根所画的哑然无声。

在另一方则是繁杂、迥异、时或失踪、赋予生命以意义的言语词汇，甚至当那意义，尤其当那意义是悲剧性的时候。

当我的言语是麦子

我是土地。

当我的言语是愤怒

我是暴风雨。

当我的言语是岩石

我是河流。

当我的言语酿成蜜

苍蝇覆满我的嘴唇。[1]

——马哈茂德 · 达尔维什[2]

培根无所畏惧地画下这些哑然沉默，就此他难道不是与另一边的人靠得更近了？对这些人而言，墙是另一道需要翻越的障碍。很可能是这样……

1 'Words.' Published in *SAND and Other Poems*, 1986.

2 马哈茂德 · 达尔维什，巴勒斯坦最著名的诗人，2008 年 8 月 9 日去世。——译注

墙后生活的通讯十则

（2004 年 10 月）

1

一夜北风吹，计划全飞了。[1]

（中国谚语）

2

穷人流离失所。他们有家，因为他们记得母亲，或祖父、姨母，那些抚养他们长大的人。住所是堡垒，并非虚

1 应出自 Arthur Guiterman 编的 *Chips of Jade: Beijing Chinese Proverbs with More Folk-sayings from Hindustan and other Oriental Countries*, "The boy may plan to fly his kite, the man to cut his hay; but old north wind comes up at night and blows their plans away."——译注

言，它抵挡着野蛮。住所要有墙。几乎每一个穷人都梦想着有一个小小的住所，如同梦想着休憩。不管多么拥挤，穷人住在空地，临时凑合，不是什么居所，只是一个安置自己的地方。这些地方和居住其上的人同样是主角，这些地方有自己的生活要过，不像住所那样会服侍别人。穷人和风一同生活，和潮气、飞尘、寂静、无可忍受的嘈杂（有时是寂静嘈杂并存，是的，这是可能的），和蚁虫、大型动物、泥土的气味、老鼠、烟、雨、别处传来的震动、流言蜚语、夜幕，还有彼此一同生活。在寄居者和这些存在之间没有分明的界限。缠绕不清地交融，他们共同构建起此地的生活。

“暮色降临，被冷灰色的雾笼罩的天空，已经暗下；而风在白日把入冬以来业已枯死的残枝秃木刮得瑟瑟作响过后，此时也在大地的低处平息了下来……”[1]

穷人这个共同体是没收不走的。他们是这个星球上的多数，无处不在，却绝少被提及。这是为什么今天富人的一项重要活动就是筑墙——水泥墙、电子监控、导弹弹幕、布雷区、边境管制、不透明的媒体屏幕。

1 Andrei Platonov, *Soul*. Trans., Robert and Elizabeth Chandler and Olga Meerson. Harvill, 2003.

3

穷人的人生充满不幸，偶有光亮时刻降临。每一个生命都有它自己的灵光闪现，每个人都不会相同。（盲从是富人养成的习惯。）被照亮的时刻在温柔与爱的方式中来到——被认可、被需要和被拥抱带来的抚慰，就是那个时刻！还有就是直觉到这样一种感受的时刻——不管如何，人依然有其价值。

“纳扎尔，和我说一些事吧，说说那些最最重要的事。”

艾狄姆把灯芯拨了一下，好节省些煤油。她懂得，生命中有一些东西是比其他一切都更为重要的，因而珍惜拥有的善至为重要。

“我并不知道真正重要的东西，艾迪姆，”恰加塔耶夫说，“我没想过这个，我从来没有这样的时间。但是既然我们都生于世上，那我们身上就一定背负着某些真正重要的东西。”

艾狄姆赞同道：“只有少少一些是重要的，大部分不重要。”

艾狄姆准备晚饭。她从袋子里拿出一块面包，抹上羊油，掰成两半。她把大块的给了恰加塔耶夫，小块的自己吃。他们在微弱的灯光中安静地咀嚼着食物。乌斯秋尔特

（Ust–Yurt）[1]荒漠，寂静、无常、黑暗。[2]

4

绝望一再侵入几近不幸的生活。绝望是一种紧随背叛感而来的情感。渺茫的一线希望（离真正的希望还很远）崩毁或被击碎；绝望充塞心灵中那曾为希望所占据的地方。绝望与虚无主义无关。

虚无主义，在当代意指将追逐利益视为所有社会活动的最终目标，拒绝相信除此之外的其他价值判断标准。因而确切地说，一切事物均有其标价。虚无主义在价格即一切的论点前缴械投降。这是人的怯懦中最时新的一种。但不是穷人常常屈服的那种。

"他开始为自己的身体和骨头感到悲哀；母亲从她贫弱的血肉中将它们孕育凝集给他，不是出于爱或激情，不是出于欢愉，而是出于最为日常的需要。他感觉自己是属于别人的，他好像是那些一无所有的人的最后所有物，将

1　乌斯秋尔特，位于乌兹别克斯坦与哈萨克斯坦境内的中亚高原，荒漠多，牧草少。——译注

2　Andrei Platonov, *Soul*. Trans., Robert and Elizabeth Chandler and Olga Meerson. Harvill, 2003.

被人无所谓地践踏。于是，一生中最庞大最强烈的愤怒占领了他的心。”[1]

[关于以上这些引文的一个解释。它们出自伟大的俄罗斯作家安德烈·普拉托诺夫（Andrei Platonov，1899—1951）所写的短篇故事，由罗伯特·钱德勒（Robert Chandler）妙笔译出。普拉托诺夫书写关于苏联国内战争时期及后来20世纪30年代早期苏维埃农业集体化中的贫困境况。使这种贫困与此前出现的贫困都不同的是，在它的荒芜破败中包裹着被粉碎的希望。它精疲力竭摔倒在地，它又重新爬起，它跌跌撞撞，他们行进在由被背叛的承诺和被击穿的谎言堆成的废墟之中。普拉托诺夫经常使用dushevny bednyak一词，字面意思是“穷困的灵魂”。它指那些被剥夺走了一切的人，他们的空虚那么巨大，这巨大的空虚中只剩下他们的灵魂还在——亦即他们感受痛苦的能力。他的故事不增加生活的伤痛，而是保留了一些东西。“从我们的丑恶中，生出世界之心，”他在20世纪20年代初这样写道。

1 ibid.

今天的世界正经受着另一种现代式的贫困。这无需援引数据，它已经是广为人知的了，一再重复数据只会竖起另一道统计之墙。世界上半数以上的人口，每天的生活费用不足两美元。地区文化，连同它们那些医治人生苦恼（包括肉体和精神两方面）的药方，都正遭受全面地摧毁或攻击。新的技术和通信手段、自由经济市场、产能充足、议会制民主，对穷人而言，全都没能信守它们对提供特定的廉价商品——在穷人没什么钱的时候也可以买得起的东西——的承诺。

普拉托诺夫比我所知道的任何讲故事的人，都更明白这种现代式的贫困。

5

在穷人中讲故事的秘诀是，坚信故事在被讲述之后会传到别处去，那里的某个人或某群人会比故事的讲述者或故事里的主人公都更懂得生命意味着什么。拥有权势的人不能讲故事：吹嘘是故事的反面，任何故事，不管多么温和，都必须无所畏惧；今天的权势者却在过着提心吊胆的生活。

故事把生命交付给另一个遥远的、更为终极的审判者。

这位审判者可能身处未来，也可能在还被人们在意着的过去之中，或越过山丘的某个地方，翻过了山，运道就会改换（穷人往往把一切归结为坏运气或好运气），否极泰来。

故事时间（故事的内在时间）不是以线性行进的。生者与死者以聆听者和审判者的身份相遇在故事的时间里。有越多的聆听者身处其中，故事对每一个听的人也就越显亲密。故事是分享正义即将到来这一信念的一种途径。因为怀有这样的信念，孩童、妇女、男人会在某一时刻以惊人的勇气愤起反抗。这便是为什么暴君害怕讲故事：所有的故事总会指向他们的覆亡。

“无论他走到哪里，只要他答应讲一个故事，人们就会请他留宿：故事强大过沙皇。只存在一件事：如果他在晚餐前开始讲故事，就没有人会感到饥饿，他自己也不会吃任何东西。所以老兵总会要求先喝上一碗汤。”[1]

6

生活中最残酷者是不正义的绞杀。几乎所有的希望都破灭。穷人不是消极或顺服地接受困苦灾厄。在接受之中，

1 *The Portable Platonov*, Trans., Robert and Elizabeth Chandler, Glas Publishers, 1999.

他们凝视灾厄的后面，在那里发现一些难以名状的东西。那不是承诺，因为所有的承诺几乎都遭到了背弃；那更像是冷酷无情的历史洪流里的一支托架，一对括弧。这些括弧的总和，便是永恒。

我们也可以反过来说：在这个世界上，如果没有对正义的期待，也就没有幸福可言了。幸福不是可以追求的什么东西，它是某种偶然的遇见。大部分的邂逅都会有后续发展，这是它们有的期待。但幸福的偶遇却没有后续。一切都发生在瞬间之中。幸福穿透悲哀不幸。

“我们认为这个世界上没有留下来任何东西，所有的都在很久前就消失了。如果我们是唯一幸存的，那么活着的意义是什么？”

“我们要去看一看，”阿拉说，“是不是别的地方还有人？我们想要知道。”

“恰加塔耶夫了解他们，问这是不是意味着他们现在相信生命宝贵，不会再赴死。”

“赴死没有用，”切尔克左夫（Cherkezov）说，“一死了之——眼下你可能会认为这是必要而有用的。但它不能帮助你理解你自身的幸福，而且人没有机会再死一次。所以，死不能带你去任何地方。”[1]

7

“当富人们喝着茶吃着羊肉时，穷人等待着气候回暖，等待着作物生长。”[2]

季节交替，日夜交换，晴雨变化，都是生机。时间如湍流一般。汹涌的流逝令寿数变得更短，事实上和主观感受上都是如此。生命短暂。无物恒常。这既是祷文，也是悼词。

“母亲伤心，想到自己死后，子女将为她哀痛哭泣；如果可以，她想一直活下去，这样就不会有人因为她而痛苦，因为她而伤心伤身，那是她孕育的心肝骨肉……但母亲却没法活得那么久。”[3]

当生命再无余物可以抵抗，死亡就会降临。

1 *Soul*. Op cit.
2 *Soul*. Op cit.
3 Platonov, *The Fierce and Beautiful World*. Trans., Joseph Barnes. New York Review Books, 2000.

8

“仿佛是她孤零零一人在世界上，没有喜乐也没有悲伤，她想要小小地跳个舞，马上，听着乐声，握着别人的手……”[1]

他们习惯于彼此紧挨着的生活，这造就出一种它自身独有的空间感；空间不是空虚距离，而是交流交往。当人们紧挨着住时，一个人的任何举动都会影响到另一个人。立时会有的身体反应。每个小孩都知道这点。

在空间上无止境的讨价还价，或体贴或凶恶，或柔顺或强势，或无心或算计，但大家都知道到这种交流不是抽象空谈，而是实实在在的调解。这从他们复杂的手势和肢体语言就可以看出。在围墙之外，协作与打架一样自然；欺诈常见，阴谋罕见，因为那要靠维持一定的距离才行。

“私有”一词在墙的两边有着完全不同的意思。在一边它指的是财产；在另一边指的是知道某人需要暂时离开一下，比如独处一会儿。

选择的空间也是有限的。和富人一样，穷人也要做许多的选择，可能还要更多，因为他们的每一个选择都更为

---

1 ibid.

严苛。这儿没有那种提供了可以在170多种不同的色度之间做出选择的色卡——选择是非此即彼的。这选择常常是在挣扎中做出的，因为它包含着对没有选取的东西的回绝。每一个选择都近乎牺牲。所有选择的总和也就是一个人的命运了。

9

没有发展（大写的“发展”一词，在墙的另一边是一个信条），没有保障。既没有一个开放的未来，也不存在一个确定的未来。未来是不可期许的。但这里有一种延续，一代人接着一代人。因而人们尊敬长者，年长者是延续的证明——甚或，表明在许久许久以前曾有过未来。孩子是未来。未来是永无止境的奋斗，为了他们能吃饱，为了他们有一天能够接受父母们从未能得到过的教育的奋斗。

“说完话，他们张开双臂拥抱彼此。他们想要眼下的幸福，现在，等不及他们的未来，等不及勤恳的工作会带来的个人和全体的幸福。心灵忍耐不住任何的延迟，它厌倦了，好像什么都不会再相信一样。”[1]

1 ibid.

在这里，欲望是未来赠予的独一无二的礼物。未来诱使欲望朝着自己迸发。这里的青春比墙另一边的青春要更炽烈分明。这份礼物显现出它急不可耐和信誓旦旦的本性。宗教和社群律法依然适用。事实上，在这表面显得比实际要混乱的境况中，这些律法是真实存在的。然而，无声的生育欲望不容争辩，不可抵挡。是这同样的欲望，促使他们谋求孩子的温饱，然后有一天（最好早一点），再次寻求繁衍带来的慰藉。这便是未来的馈赠。

10

众人已回答了那些还没有被提出的问题，而他们也拥有比墙活得更长久的能力。

问题还未被问出，是因为发问需要听上去真实的语词和概念，而现在用来指称命名事件的语词和概念却都已变得空洞无意义：诸如民主、自由、生产力等。

一旦新的概念出现，问题很快就会被提出，因为历史恰恰内含着这样一个发问的过程。会有多快？一代人的时间。

与此同时，答案也富集于众人求生活命的诸多本事之中，他们对边界的抵抗，他们在墙上找洞，他们爱护看重孩子，如果需要，他们随时准备牺牲，他们对血脉延续怀抱的信念，他们一再地认识到生命的馈赠渺小而无价。

今晚，用一根手指描画她（他）的发际线，在睡前。

肉身与言辞

（2005 年 7 月）

“所有人都吓呆了。我们看到火光闪烁，想着马上要着火了。起先我们打不开车厢的门，等终于出来时，就看见隧道里许多受了重伤的人。”洛依塔 · 沃利（Loyita Worley）这样说。7 月 7 日星期四上午九点不到的时候，她坐环线地铁要去阿尔德盖特。[1]

地铁里的人们被掩堵在下面，很无助。隧道是逃生的通道，也是危险的陷阱。一旦隧道封闭，烟尘就会使人窒息。

去炸清晨搭乘公共交通工具赶去上班的人，是对毫无

1 2005 年 7 月 7 日星期四，早上上班交通高峰时间，4 名受“基地”组织指使的英国人在伦敦地铁三条地铁线和一辆巴士上引爆自杀式炸弹，造成 52 名乘客遇难，700 多人受伤。——译注

防备之人发动可耻鬼祟的袭击。受害者所遭受的痛苦比自杀炸弹袭击者要深得多，长得多。这番痛苦经历让他们绝对有裁决评判的权利。

然而其他人，那些急于以这些受难者的名义发声的政客（从格伦伊格尔斯到伦敦），[1]则只是为了自己的利益，他们采取粗劣的简化，使用有意混淆视听的措辞，企图为他们自己和过去的所作所为找正当的理由，而罔顾这些错误造成了多么惨烈的灾难。

即便他们本该去安慰，平复的，承受着痛苦与悲伤的无辜受难者，都没能叫他们罢手，没能让他们有那么片刻的犹疑。

“我一直闭着眼睛想着外面。心里非常害怕，因为所有的灯都灭了，我们听不到司机那里的任何动静，所以就想他那边的情况到底怎样。（费奥娜·特鲁曼——在皮卡迪利线[2]上）

遭遇爆炸恶行的伦敦人，忍受着等待的折磨，等待新闻传来可能在事发现场的亲友们的消息（那种静默犹如一

1 2005年7月6日至8日，八国集团首脑会议在苏格兰鹰谷召开。——译注

2 皮卡迪利线（Piccadilly Line）是伦敦地铁的一条线路。——译注

把利刃插入两瓣心脏之间），他们的冷静令举世关注着的人们印象深刻，就像前一年马德里市民们表现出的冷静。[1] 这种冷静有助于清楚的，特别是缜密的思考。在西班牙，情势允许他们这样做，新选出的政府第一项举措就是将西班牙军队从伊拉克战争中撤回，这本就是一场大多数西班牙人都强烈反对的战争。

尽管伊拉克战争的失败显而易见——除了给他们声称要解放的国家带去混乱与毁灭外，一无是处；但在伦敦，这些以最朴素的方式通勤工作的人们所遭受的暴行，却只是让他们的首相和政府态度变得更加强硬，将一个抗议不断的国家拖入一场并无必要的战争。

在爆炸发生的当天上午，布莱尔在唐宁街发表声明："（恐怖分子）企图以滥杀无辜来威胁我们，恫吓我们，让我们不敢做我们想做的事，企图阻止我们的进程……"

有些人声称基地组织在联军入侵伊拉克前就已经很活跃，认为伦敦爆炸事件与攻占巴格达或费卢杰[2] 无关，他们这是违心之论。同样的居心让他们在根本不存在的大规模

1 2004 年 3 月 11 日西班牙马德里发生针对市郊火车系统的连环爆炸案，这次恐怖袭击造成 191 人死亡，2050 人受伤。——译注

2 Fallujah，伊拉克城市。——译注

杀伤性武器上信口雌黄，本·拉登确实在伊拉克战争前就计划对西方世界发动袭击，但是伊拉克战争，在那里所发生过的和正在发生的一切，却是在给基地组织源源不断地输送新成员。据说，军情五处处长伊丽莎·曼宁汉姆-布勒（Eliza Manningham-Buller），曾警告过八国集团的其他成员国要小心“伊拉克战争造成的新一代狂热分子”。我们可以认定，她知道自己说的是什么。

这起暴行特意被安排在2005年八国集团首脑高峰会议期间，英国首相正是这次峰会的主席。在这次会议上发生的事并不是另外一个故事，而是同一个故事的另外一部分。在这一情势下，应该研究的不是《古兰经》，而是当今世界上最富有的国家和企业的行为。这些企业对所有反对它们扩张利益的目标，持续不断地发动“圣战”。

有关伊拉克战争的议题被非常合宜地排除在这年的八国首脑峰会议程之外。各国一致同意，当务之急是要在全球气候灾难性变暖和非洲贫困问题上取得行动共识。

在会议召开前，世界各地都发出声音，经济学家、摇滚歌手、生态学家、音乐家、宗教领袖纷纷呼吁，要求做出一些新的前所未有的决定，一些可以改善这颗星球的未来命运的变化，他们出于良知，团结一致。然而结果呢？

当你像拾荒者那般将这些豪言壮语翻捡一过，你会发现：几乎什么都没有。翩翩起舞的数据。但就拾荒者的费率标准来看——空无一物。为什么？

狂热极端源于任何形式的选择性盲从，追求单一教条。八国集团尊奉的教条是，获取利益必须是人类的指导原则，在此面前，来自传统的过往和雄心勃勃的未来的一切事物都必须作为幻觉被牺牲舍弃。

所谓反恐战争，实际上就是两种狂热主义之间的战争。

将这两者归为一类，看似不可理喻。一方是神权的，另一方则是实证世俗的。一方是自卫的弱者的炽热信仰，另一方是形形色色自信精英的毋庸置疑的设想。一方预备杀戮，另一方掠夺、撤离、任其自生自灭。一方严苛，一方松垮。一方不容争辩，另一方沟通频频，并试图“勾连”起世界的每一个角落。一方声称他们有权让无辜者流血，另一方则声称自己有权出售整个地球的水资源。比较下来，简直骇人！

然而发生在伦敦皮卡迪利线、环线地铁和30路公共汽车上的骇人暴行，是数以千计手无寸铁者的灾难，他们为生存奋斗，为自己生命找寻些许价值，却在无意间陷落于两大狂热主义跨越全球的交火之中。

诗人济慈写道："狂热者有他们的梦，他们以此为教派编织天堂。"那些不属于任何教派的人选择——不在天堂，而是在地上——生活在一起。

关于脱节

（2005 年 9 月）

有时，问题比答案或解释更加切中要害。我不确定我要问的问题是不是属于此列，因为它听起来有些天真。但不管怎样，我还是想与你们分享。

9 月里，新奥尔良遭受的灾难，其影响与带来的痛苦，将持续数年；美国和全世界的人民已经开始重新审视布什、切尼、拉姆斯菲尔德、赖斯、罗夫等等这些世界第一的超级大国现任领导人的政绩。

几乎在一夜之间，舆论发生了转变。历史突然大踩油门，将我们狠狠甩回座位。而与此同时，新奥尔良 2 万人绝望地被围困在“超级穹顶”体育场。

卡特里娜——每个人都用它的名字指代这场飓风，仿佛它是某位天神下凡——揭露了美国日益加剧的惨烈的贫困状况：黑人通常得到的待遇就如同惹人生厌的二等公民；在公共设施上的政府投资逐步削减，造成社会发展不均和穷困的状况弥漫（若是生病或受伤，有4000万美国人将得不到任何补助）；所谓的反恐战争正在制造行政混乱；面对这一切，抗议的声音越发响亮清晰。

在卡特里娜飓风来前，对生活在其中和有心了解的人，所有这些都已十分显然。卡特里娜所改变的，是媒体第一次出现在这里，向外界传递这里正在发生着什么，以及遭受这一切的人们的愤怒。卡特里娜以其可怕的姿态，只一会儿工夫便将晦暗不明的屏幕擦拭透亮了。

那些迄今依然人数不明的墨西哥湾区的死者，不是在为成千上万死于这场仍在进行的惨烈而邪恶的战争的伊拉克人发声，而是以某种警语的方式与他们一同发声。美国媒体一再地将卡特里娜与伊拉克相提并论。但卡特里娜却实属寻常，它是影响墨西哥湾的一种常见气象状况。它没有藏身在阿富汗。尽管暴虐无情，但它并不隶属于任何邪恶轴心。它只是一种威胁美国人民生命和财产安全的自然灾害，并且正冲着路易斯安那而去。

直面卡特里娜带来的挑战，预见受灾者的需求，从而尽可能将随之而来的痛苦和恐慌降到最低，这是出于总统及其部属的自身利益（同时也是国家利益）而采取的举措。如果他们，也就是政府，不幸没有做到这些，他们无法指责任何人，相反他们自己将会受到指责。孩子都能明白这道理。而他们失败得彻彻底底，技术上、政治上、情感上，全部失败。“意外事情发生了”，拉姆斯菲尔德嘟囔。

有没有可能是这个政府疯了？这是我一个单纯的疑问。稍等。让我们先界定一下疯狂的不同种类，因为或许这种疯狂是我们以前从未见过的。它肯定不是，比方说，尼禄[1]的那种疯狂，火烧罗马城时还弹着里拉琴。但任何一种疯狂，都意味着与现实的严重脱节，或者更准确地说，是与存在的严重脱节。

我们所讨论的这种不同的疯狂，触及恐惧与信心之间的关系，触及饱受威胁与高高在上之间的关系。两者之间没有商讨妥协的余地。他们的疯狂发作起来就像开关，一边关上，另一边就马上打开了。然而要害在于，正是在恐惧与信心之间长期的妥协调和中，人们才体察到生存的复杂多样性。正是在这中间，他们才明白自己所面临的处境。

1 尼禄，古罗马帝国的皇帝，公元 54 年至 68 年在位。——译注二元对立的“疯狂”拒斥这一切。

两年前在“亚伯拉罕 · 林肯”号航空母舰上，布什总统宣布：美国在伊拉克的使命已经完成！

在某种程度上，这种二元对立与股票市场机制相类似，在股票市场上只有买或卖，多头与空头的两极，余外还存在些什么，如何并于何处，则几乎没有影响。

在华尔街，金融分析师正预测着墨西哥湾这场大灾难导致的石油短缺，会给得克萨斯州石油公司带来的收益增长。

卡特里娜飓风袭击五天后，布什总统终于到访这座被摧毁殆尽的城市，当时他说的话令记者们大为震惊：“我不认为有人能预测到堤岸会被冲垮。”

同一天，在受灾的小镇 Biloxi，一队人赶在总统飞抵之前，将总统一行可能会途经的道上的碎砾石和尸体迅速清理了个干净。两个小时后，这队人马消失无踪，留下这座小镇继续保持着原样。余外所存在的，是无足轻重的。

把这看作是冷漠或者犬儒，那可就错了。布什的视察是一项有计划的行动，是要为他这一声明拉开序幕：“我们将再一次向世界展示，在美国即使最不幸的灾难也能带来最好的东西。”开关启动。

现今美国政府的这些盘算，与企业的全球利益以及所谓的“最富有之人的生存之道”紧密关联，今天就连这些最富有之人也同样在恐惧与信心之间摇摆。

经济学家格罗弗·诺奎斯特（Grover Norquist）是企业利益的代言人，布什阵营在筹划他们那套让富裕阶层获益的税收改革时，便会听取他的意见。他公开声明：“我不想废除政府，我只想把它缩小，小到可以拖进浴室，然后把它淹死在浴缸里。”

无视大多数的存在，并放弃对政府最低限度的期待，如果这样，我们不也等于脱节吗？这样的脱节就相当于在那些相信自己可以统治世界的人的脑袋里会见到的疯狂。

所有政治领导人都不免会回避真相，但这里的脱节是系统性的，并非偶然发生的，它不单单只在他们的发言中出现，而是遍布他们的每一个战略考量中。因此他们是如此的无能。他们在阿富汗的军事行动失败了，他们在伊拉克的战争（常言道）已经由伊朗取得了胜利，他们任由卡特里娜肆虐，造成了美国历史上最严重的自然灾难，而恐怖分子的活动日益活跃。

我的手机收到了一条奥兰治发来的短信。短信提议，如果我想帮助路易斯安那那些无家可归、困顿无助的人，我可以输入“洪水（FLOOD）”发送给某个号码，然后会有五美元从我的账户中划走，当即就可转给一个救助组织。

现在我想多输入几个字，发送我们大家：**世界权力还要掌握在这些麻木不仁的无知之辈手里多久？**

关于地点的通讯十则

（2005 年 6 月）

1

有人问：你还是一位马克思主义者吗？由追逐利益（资本主义之内涵）所带来的毁坏，从来没有像今天这样，波及的范围如此广大。这几乎是众所周知的。那我们又怎么可能不去注意预言并分析了这一毁坏的马克思？答案很可能是，人们，很多人，已经完全丧失了他们的政治方向。没有地图，他们不知道自己正去往何方。

2

每一天，人们顺着指示牌的指引去往某处，那地方不是他们的家，它是一个被选定的目的地。路标、机场出发指示、到达指示。有些人为了放松身心而旅行，剩下的则是出公差，许多人出于迷惘或者绝望。等到抵达时，他们才意识到自己所在之处，并非是一路遵循的标牌所指引的地方。他们发现自己此刻所在之地，有着正确的纬度、经度、当地时间和货币，但却没有自己定下的目的地所特有的重力。

他们偏离了自己原定去往的地方。那地方与他们相隔的距离，无法估算。可能只隔一条街宽，也可能相隔整个世界之远。那地方失去了令其成为目的地的东西。它失去了它的经验的版图。

有时，这些旅行者中的几个人会踏上自己的私人行程，去寻找他们曾希望抵达的地方。这事往往比他们预想的要艰难许多，虽然有无尽的慰藉相伴。许多人从来没有这样去做。他们接受了指示牌，跟随指引，好像他们并未行进，好像他们一直就在他们已经在的地方。

3

月复一月，数百万人离开了他们的家乡。他们离开，是因为那里什么也没有了，除了他们**拥有的一切**，但这并不足以养活他们的孩子。过去曾经可以。这就是新资本主义下的贫困。

在历经漫长险恶的旅途后，在遭遇过那些富足之人的卑劣后，在他们开始相信靠自身那份无可匹敌的坚韧勇气之后，这些移民们发现自己正等候在某个外国中转站里，而他们离开故土时拥有的所有东西就是**他们自己**：他们的双手、他们的眼睛、他们的双脚、肩膀、身体，他们穿的，夜里睡觉时拉起来盖过他们的头的，和心中对一方屋顶的渴望。

在为安娜贝尔·格雷罗（Anabell Guerrero）为桑加特（在加莱附近）红十字会收容所里的难民和移民拍摄的那些照片里，我们可以看到一个男人的手指如何成为一块耕地留下的唯一痕迹，他的手掌如何成为河床残存的遗迹，他的眼睛如何成为一场他无法参加的家庭聚会。

4

“地铁站里，我正走下楼梯去搭乘 B 线。这里人群拥挤。你在哪儿？真的！天气怎么样？我要上车了——等会儿打给你……”

在世界上的城市和郊区，每个小时都有数以亿计的手机在通话，不管私事还是公事，它们大多以讲话者身处何地开场。人们需要简单明了地描述出他们人在哪儿。仿佛他们在被这样的怀疑追逐着：他们可能哪儿也不在。被如此多的抽象观念包围着，他们必须发明并与人分享自己途经的路标。

三十多年前，居伊·德波（Guy Debord）就曾预言般地写道："……为了市场的抽象空间而批量生产的商品的聚积，粉碎了所有区域性的和法律的屏障，冲破了保持着手工艺生产品质的所有中世纪式的企业限制，也摧毁了地方的自治和品质。"

当今全球化混乱局面中的关键词，是去在地化（de-localization）或说再在地化（re-localization）。这指的不仅是将生产转移到劳动力最廉价且管制最少的地方。还包括新兴权力对海外的狂热妄想：妄想削弱先前稳固的地方的地位和自信，以便将整个世界变成一个单一流动的市场。

消费者本质上是一些感觉或者被引导到感觉失落的人，除非他或她正在消费。品牌名称和Logo成为无有之乡（Nowhere）。

过去，那些人在保卫家园抵御入侵时，常用的一个计策是改变路标，这样原本指向萨拉戈萨[1]的，就指到了相反的方向，朝布尔戈斯[2]去了。如今，不是守卫家乡的人而是域外入侵者，改换标牌，意图迷惑当地人，让他们混淆到底是谁统治着谁、幸福的本质是什么、悲痛的限度在哪里以及在何处可以找到永恒。而所有这些迷惑误导，都是为了说服人们：成为一名顾客便是终极拯救。

但顾客是以他们在哪里结账付款，而不是他们在哪里生活与死去界定的。

5

曾经是乡野的广袤土地，正被改换成一个个区块。这一进程的具体情形根据不同大陆——非洲、中美洲和南亚——而有所差别。最初的瓜分切割总是来自别处，来自胃口永不餍足的企业利益，这意味着对自然资源的掠取（维多利亚湖的鱼、亚马孙的木材、在世界上任何地方能够找到的石油、加蓬的铀，等等），并不理会这片土地或

1 萨拉戈萨（Zaragoza）是西班牙第五大城市，也是阿拉贡自治区和萨拉戈萨省的首府，位于伊比利亚半岛东北部。——译注

2 布尔戈斯（Burgos）是西班牙北部的一个城市、布尔戈斯省省会，位于萨拉戈萨西北偏西的方向上。——译注

这片水域属于何人。随之而来的开采挖掘很快就会需要机场、军事和准军事基地来守卫这些被吮吸来的东西，然后是与当地黑手党的勾结合作。接着便是部落战争、饥荒、种族屠杀。

这些区块中的人们，失去了所有的安居感：孩子成为孤儿（即便在他们不是的时候），女人成为奴隶，男人成为亡命之徒。一旦这些情形发生，想要恢复一点点家庭之感，就需要用上几代人的时间。每一年这样的资本积累，都将无有之乡的时间与空间拖长。

6

与此同时——政治抵抗常常就从“与此同时”开始——最重要的事情是看到并记住，那些从当前的混乱中谋取利益的人，以及他们那些潜伏于媒体的时事评论员，在不断地传播错误信息，误导和混淆视听。他们的声明不会指引人们到任何地方。

企业及其军团为能更迅捷地控制无有之乡，投入开发信息技术，但这些信息技术也为其他人所用。那些为“处处之乡”（Everywhere）而努力的人们，将之作为他们的通讯交流工具。

加勒比海作家爱德华·格里桑[1]说得特别好："……反抗全球化的方式并不是否认全球化，而是去设想所有可能的特殊性的有限总和是什么，然后习惯这样的想法，只要一种特殊性消失了，全球化就不会是它本来应该呈现给我们的样子。"

我们在竖立自己的地标，为地方命名，发现诗。是的，与此同时，我们发现了诗。加雷斯·埃文斯写道：

当午后的砖石储藏旅途中玫瑰的温度

当玫瑰发芽，生出一间绿色的房子呼吸
又像风一般盛开

当渐渐稀疏的桦树丛将它们关于风的银色故事
低吟给卡车里的疾驰

当篱笆的叶子储藏起光
那刻以为自己已经失落的光

1 爱德华·格里桑（Edouard Glissant），哲学家、作家、诗人，1928年出生在位于加勒比海的马提尼克岛（Martinique）。——译注

当她的腕穴颤动，如同流转的空气中鷓鸛的胸

当大地的合唱在天空找到他们的眼睛
并在浓密的黑暗中向着彼此睁开

留住一切亲爱的

7

他们的“无有之乡”滋生出一种陌异的时间意识，因为此前没有过。数字式时间。它绵延不绝、永相连续，不为日和夜、季节、生和死打断。与金钱一样漠然无动于衷。虽然绵延不绝，它却是完全单一的。它只有当下的时间，隔离了过去和将来。在数字式时间里，只有现在承载重量，其余两者都处于失重状态。时间不再是一座柱廊，而是单独的一根根一和零的柱子。一种垂直的时间，周围无物环绕，它有的，只是缺席（absence）。

读几页艾米莉·狄金森，再去看拉斯·冯·提尔（Lars von Trier）的电影《狗镇》（*Dogville*）。在狄金森的诗歌里，永恒于每一停顿处现身。电影则相反，执意冷酷地展现，当日常生活中一切永恒的迹象都被抹去时，出现的会是什

么状况。那便是，所有的字词以及他们整个语言都变得毫无意义。

在单一的现在，在数字化时间里，找不到任何地方，也建造不了任何地方。

8

让我们在另一套时间里寻找方向。按照斯宾诺莎的说法，永恒即当下。永恒不是在等着我们的什么东西，而是我们在那些短暂却超越时间的片刻里所遇到的，那时，万物调和，无有不足。

瑞贝卡·索尔尼特（Rebecca Solnit）在她《黑暗中的希望》（*Hope in the Dark*）这本激进的书中，引用了桑地诺[1]的支持者、诗人焦孔达·贝利（Gioconda Belli）描写他们推翻索摩查（Somoza）在尼加拉瓜独裁统治时的句子："有那么两天，像是有一种奇幻的古老的魔法施在我们身上，带我们回到创世记（Genesis），回到世界被创造的那处地方。"即便之后美国及其雇佣兵摧毁了桑解阵，也丝毫不能动摇存在于过去、现在和将来的那一刻。

1　桑地诺（Augusto César Sandino），尼加拉瓜民族英雄、革命家。

9

沿着这条路，距我此刻写作处一公里的地方，有一块牧场，放牧着四只驴子，两只母驴、两只小驴。他们都属于特别小的品种。母驴竖起黑边的耳朵时，差不多到我下巴高。只有几周大的小驴，有着大㹴犬那样的体型，只不过它们的头差不多和半边身体一样大。

我翻过栅栏，背靠着一颗苹果树坐在地上。它们已经走出了一条自己的穿越牧场的路径，有些路段得从非常矮的树枝下穿过，那些地方我得弯腰又弯腰才能过去。它们看着我。牧场里有两块区域完全不长草，只有裸露的红色土壤，它们会到这里来翻滚，一天要来好几趟。先是母驴，然后是小驴。小驴的肩上已经有黑斑纹了。

现在它们朝我走来。它们闻起来像毛驴和麦麸——没有马的气味，要更淡一些。母驴用它们的下颌碰碰我的头顶。它们的鼻口部位是白色的。眼睛周围停着苍蝇，比起它们狐疑的眼神更显扑动闪烁。

当它们站在森林边缘的树荫下时，苍蝇飞走了，它们可以几乎一动不动地在那儿站上半小时。在正午的树影下，时间缓缓流逝。当其中一只小驴在吃奶时（驴奶与人乳是最接近的），母驴的耳朵正挂在后面垂向尾巴。

在日光下，被它们四只环绕着，我的注意力集中在了它们的腿上，全部十六条腿。修长、笔直、专注、坚定。（相较之下，马的腿就显得不太稳定了。）它们的腿可以翻越马所不能至的大山，其所驼载负重是人想象不到的，如果你单看那膝盖、小腿、距毛、跗关节、胫骨、骹关节和蹄！驴的腿。

它们踱开了，低下头，吃草，耳朵不错过任何动静；我望着它们，目不转睛。在我们的交流中，在我们互相陪伴的正午时光里，有一种基本的东西，我只能称之为感激。牧场里的四只驴，2005年，6月。

10

是的，在种种身份之外，我依然还是马克思主义者。

欲望的另一面

（2002 年 6 月）

在你臂弯里我找到一座岛屿，

在你的眼睛里找到一个国度，

双臂束缚，眼睛欺骗。

冲破去到另一边。

——吉姆·莫里森（Jim Morrison）

欲望。情欲渴望（erotic desire）。“爱欲”（erotic）这一形容词要比“性欲”（sexual）好，因为更少简化。

当欲望在两人相互之间存在的时候，淫欲（lust）甚至力比多这类的观念就都不足以解释了，因为对他们而言，欲望是一体的，而非分成两份。

这种欲望最初的能量，当然是出于繁衍的生理需求。欲望也是对想象中的欢愉的邀约和期盼。由情欲而生的渴求，迅速地转化为拥有和占有的欲望。欲望的社会内涵确实就是“占有”，这也是为什么戏剧中不受约束的欲望，总是离不了冲突与悲剧。

欲望所具有的潜能，在所有文化当中都为人熟知。也许是因为对被欲求的意识，赋予了人一种独特的坚不可摧的感觉，而当这种感觉在两人间相乘加倍，那再大的危险也不算什么了。

欲望开始得很早，一直持续到年老。它可以发生在，比如说，五岁到八十岁中间的所有年龄里。年纪可能会影响欲求之物的优先次序，但这优先次序从来没有标准或定规。任何欲望都包含着许多的付出和愿望，而最终，有多少种的爱欲相逢，就有多少种的欲望。

虽然如此，它们中总还是有一些共同的要素，而我所谓的欲望的另一面，我相信，也存在于一切欲望之中。尽管其重要程度，其可辨识度，可能有所不同。在消费社会里，这一要素绝少得到公开承认，除了摇滚音乐之外。在摇滚乐里，它们常常是核心。

苦难一直都在

像流水一样穿过生命

我握住她的手

在酸橙树荫下。

——尼克·凯夫（Nick Cave）

欲望当它是相互的，那便是一场由两个人策划的密谋，用来面对或用来蔑视决定着这个世界的所有其他阴谋。它是两人的合谋。

这出计谋是为了让另一个人能从现世的苦痛中得以缓解。并非幸福（！）而是一种生理上的缓解，从身体对苦痛的巨大负担中。

在所有欲望中，有贪婪也有怜悯；这两者无论关系比例如何，都是缠绕在一起的。没有伤口，欲望是无法想象的。

如果这世上有人是没有受过任何伤的，那他们的生活里也就不会有欲望。

这场合谋是为了共同创造一个地方，一处免除肉体承受的极度创痛的所在，尽管这一免除必然是暂时的。

人类肉身拥有英勇、优雅、逸乐、庄严及其他无数品性，但其在本质上也具有悲剧性——没有动物的身体是人类这样的。（没有任何动物是赤裸的。）欲望渴求去保护其所欲望的身体，以脱离身体内在的悲剧，而且，它相信自己可以做到。这是欲望的信念。

欲望中自然不存在利他主义。欲望是借由献出整个自我，包括肉体和想象的自我，来给予保护和免除苦痛。一开始，缠卷其中的就是两具身体，因而苦痛的免除如被获得，两人便都得到。

此一免除虽必短暂，却也承诺了一切。苦痛的免除摧毁了短暂之感——但相伴随的是，伤害与这信仰的威胁结成了联盟。

在第三者看来，欲望是一支简短的插曲；从内部经验，它就是一种超越。然而，无论这两种情形里的哪一种，日复一日的生活都在继续着，之前和之后都是。

欲望许诺免除。然而，从现存的自然秩序中免除，也就等同于消失。而这正是欲望在其最狂喜的时刻所吁求的：让我们就这样消失无踪吧！

当潮水开始涨起

而人们重新算计

我把你的尘埃

放进影子的空洞。

风将带走它们

但一切都将消失但

风将带走我们

——黑色欲望（Nori Désir）

恋人们的消失，不能被看作躲避、逃离；确切地说，应该是转移到别处：一个通往丰饶的入口。我们通常认为，丰饶是一种积累。欲望却坚称丰饶是一种赠予：寂静幽暗的丰饶，万事万物在其中都尽得平静。不知怎么，我想起一个古老的梦，金羊毛的传说。（它所赐予的是对牺牲的免除。）这则传说象征性地同时表现了天真与智慧。它在隐匿之处伸展，它是蜷缩的、不可侵犯的、完整的，不为任何人所磨损。

一旦分享过或经验过，这种免除就将永志难忘，即便它不再免除什么了。而这样的消失也仍然比任何显然易辨之物更为真实、更明确。

塞壬[1]们在街边悲泣恸哭。只要你还在我怀里，就没有任何伤害能够接近你。

1 塞壬（siren），希腊神话中人首鸟身的女怪物，经常飞降在海中礁石或船舶之上，又被称为海妖或美人鸟，她们常用美妙歌声引诱水手，令船触礁沉没。——译注

用心细看——两位女摄影师

（2005 年—2006 年）

1

阿拉姆·谢卜利（Ahlam Shibli）

（1970 年，生于加利利谢卜利村）

首先，让我们对简单和简化做一区分。前者是事物减少或被减少至基本状态。而后者，简化，则通常是权力争夺中的策略的一部分。简化是利己的。大多数政治领导人都会简化事件，而无权无势者则只能对发生的事作简单的反应。两者之间时常有鸿沟相隔。

现在，让我们不作任何简化地看一看阿拉姆的摄影作品。这些作品有许多意味，就其给出的政治训诫而言，它们堪称典范。关于这点，我们稍后再谈。她将这一系列照片命名为《追踪兵》（*Trackers*），对这个名字我们也需要作一解释。

今天，有100万持官方证明的巴勒斯坦人，作为下等公民，居住在以色列国。在官方文件上，他们被称为以色列—阿拉伯人。（如果他们公开宣称自己是巴勒斯坦人，可能就会有牢狱之灾。）这些以色列—阿拉伯人中也有贝都因族人。

这些族人当中，每年有一少部分男子——大约不到100人，志愿加入以色列军队，接受训练，从事军事侦察的工作，他们便是所谓的“追踪兵”。追踪兵全是“以色列—阿拉伯人”，军队里大部分危险的野外侦察工作都由他们来做。每当指挥部估计有阻力存在的时候，就会派他们打头阵，清除地雷、狙击手和可能的伏击。他们最初是以20到30人为一小组，一起接受训练。一旦受训完毕，他们就被打散，逐个分配到以色列国防军（或军队自称的IDF）的不同单位里。

服役期满三年，追踪兵可以再次志愿成为职业军人，这样的话他的薪饷待遇将会比之前优渥许多。但以色列国防军司令部只接受少数这样的志愿兵。相较以色列士兵，职业追踪兵享有某些专业优势，因为他们熟悉当地的风俗、习惯和思维方式。

阿拉姆·谢卜利的照片朴素、难以捉摸、固执坚持。它们只包含最少量的基本信息，而且它们从不报道事故或事件。这些照片给人的印象是，好像每一张都是在刚巧在事件发生之后才拍下的。并不是因为谢卜利的反应太慢，而是因为令她感兴趣的是“后果”。事件本身不会引起她的关心（至少在这个系列里）；事件对个体生命的冲击则会。因此，她做好了等待的准备。

她观察追踪兵的军事训练、休假，他们的军人墓地，观察追踪兵以《古兰经》起誓效忠以色列国防军，一幢墙上挂着家人照片的房子，慢慢盖起来的新房子——全靠追踪者加入职业军队后赚来的薪水。每个不同的场景都暗暗指向一个问题：对这些男人来说，家是由什么构成的？或更隐晦一点：什么地方或什么东西会令他们有归属感？

照片里没有任何人可以告诉我们，在被拍下的前一刻发生了什么。我们能做的，就是看着照片里的人，然后猜测发生了什么，或像谢卜利一样，等待。这整个系列（85张照片）的效应是累加的。它们组合起来，构成整体。但这个整体又意味着什么呢？

对贝都因人来说，家这个问题，与家由什么构成，就像绳子一般交缠在一起。传统上，他们是游牧民族。在两三代人之前，许多贝都因部族开始定居，特别是在西奈半岛，然而，他们居住的土地却是属于别人的，对这些土地，他们只拥有最少的权利。在这种混乱的情况中，久远往昔的记忆或许起一定作用。对游牧民族而言，家不是一处住址，家是他们随身携带的东西。

追踪兵随身携带的是什么？

阿拉姆·谢卜利在深刻自省。她拒绝抒情，也不寻求任何告解。她在旁边耐心地观看。有人可能会说，她是个讲故事的，但这就简化了她为自己选择的角色。（有很多故事讲得很好的伟大摄影家，例如安德烈·柯特兹 [André Kertész]。）我会说，阿拉姆·谢卜利是预言命运的人。她凝神专注观察，留意各种迹象，推测并给出她的预言。她的预言敏锐而含糊，如同占卜师会说的那样；把运气像扑克牌一样摆开，不过，不止选一张牌。

选三张。第一张牌，三名追踪兵，在藏身处休息，其中一人在一面墙上写着什么。第二张牌，白天里一个男人在睡觉，拉过毯子盖住自己的脸。第三张牌，一名追踪兵房子的墙上挂着他身穿 IDF 军服的照片，照片旁边是一幅巴勒斯坦的旧地图。

每一张都以不同的方式表达着同一种困境，关于身份和所在之处的困境。

他们带在身边的是什么？

数个世纪以来，游牧的贝都因部落就有这样的传统，每当他们发觉即便用上自己所有的游击战术，也仍然躲不过被围困的命运时，他们就会向入侵的军队提供军事服务，不论它是埃及的、土耳其的还是英国的。他们这样做，是为了免遭驱散，为了在他们那块几乎不可逾越的领地里，保持独立与不容挑战的地位。这是为了完整延续而采取的狡诈之计，通常也是成功的。

今天，以色列贝都因人面临的情况已与昔日大为不同。他们被驱赶出了自己的土地，被剥夺了赖以生存的经济手段，在他们自己的内盖夫沙漠（Negev desert）地界上被当作非法入侵者对待，他们种植的作物被以色列国防军用直升机喷上了除草剂。

为了领会这究竟意味着什么，我们必须思考巴勒斯坦人通常处境的极端性。巴以冲突已经持续将近六十年。对巴勒斯坦的军事占领也已经持续了将近四十年——是历史上最久的一次。这一占领所引发的种种现实，几乎无须再加重复，因为它们已经在全世界范围内得到认知和谴责了。

对于这场持续不断的冲突——因为巴勒斯坦人在持续不断地抵抗，人们有时会忘记双方的不平等，他们各种配备上的不对等，无论是在火力上还是在防御能力上。

这样一种资源与武力上的不平等，让人想起20世纪中叶的殖民解放战争。如果我们想要理解追踪兵身处的困境，最好的办法就是读弗朗茨·法农的著作。他是关于这一类抗争卓有远见的先知。在《黑皮肤，白面具》(*Black Skin, White Masks*)一书的最后，他写道："在结束这项研究时，我希望世人能与我一起去认识，一切意识敞开的大门。"阿拉姆·谢卜利在创作她的《追踪兵》时，也常常提及弗朗茨·法农。

法农来自马提尼克，作为一名医生和精神病学家在阿尔及利亚工作，他解释了殖民统治是怎么一回事，侵略者与土著居民之间资源配置是如何不平等的，鄙视是如何写入武装者与手无寸铁之人的每一次相遇里的，除了制造反抗，它同时也导致维持着一个人自我存在感的那些效忠意识出现深深的裂缝。在穷人与饱受蹂躏的最底层人民中，它发生得最频繁，也带来最多的伤痛。

这样一个意象也许能帮助我们理解得更透彻。试想一下相反的症状，也就是自大狂的病症。自大狂和受雇于他自己的人的每一次相遇，都像是一面高举的镜子，他在里面看到正被他本人的荣光投射着、装点着的自己。对那些已然丧失自我感觉的被殖民者而言，每一次的遭遇对他而言都像是面对一面镜子，除了照出一身破袍外，什么也看不到。这两面高悬的镜子都将对方的真实面目掩藏了。于是，被殖民者为了能让自己脱离那身破袍，就憧憬着穿上他的压迫者的制服，扛起他的压迫者的大旗。

贝都因人属于最底层的巴勒斯坦人，他们绝大多数已经失去了游牧的自由，以及与之相随的自豪感。所以正如法农所预见的，他们将自己分裂成两半，撕扯开，戴上压迫者的面具。许多人改了名字，艾哈迈德（Ahmed）改为若泽（José），穆罕默德（Mohammed）改为摩西（Moshe）。然而，改了名字，追踪兵并没有重新找回自己的身体，他们高贵的身体被破袍的假象蒙蔽着。

那个睡着的用毯子盖住头的男人，他梦见了什么？没有人能猜测到别人做了什么梦。**但很可能连他自己也料想不到他的梦**。

追踪兵带在身上的大约就是这样一些东西。

阿拉姆·谢卜利的作品并不直接对巴以冲突作任何政治评论；它拒绝政治口号。但我相信在今天的全球化语境下，她的作品有重要的政治意义，或者，像我前面所说，具有示范作用。下面，我试着解释为什么如此。

阿拉姆·谢卜利本人就出身于贝都因人家庭。小时候，她曾在加利利放羊。后来，在念大学之后，她成了一名国际知名摄影师。

很久以前，她就做出了与她在照片里拍下的那些追踪兵截然相反的生存选择。她相信巴勒斯坦人的事业合乎正义，并以爱国者和摄影师的身份，抗议以色列的非法占领。对她，以及对大多数巴勒斯坦人来说，追踪兵都被当成了叛徒。他们加入镇压巴勒斯坦人的军队，他们跟踪追杀或逮捕那些积极抵抗以色列军队的人。叛徒……在某些情形下，必须这样对待他们。

然而，阿拉姆·谢卜利感觉到有必要越过这些，去被简化的标签背后探寻真相。因为她自己就是贝都因人吗？也许，但这个问题有些简单天真。重要的是结果。正因为她是贝都因人，所以她才能去标签背后探查，发掘她必须要发掘的东西。用这些照片她提出了这样一个问题：成为追踪兵的决定，将让他们付出怎样的代价？她等待着的谜一般的答案，在她的暗房里慢慢显现。然后她将它们公之于世。

这怎么就与政治有关了？在20世纪中期，瓦尔特·本雅明写道："我们生活在其中的所谓紧急状态，并非什么例外，而是一种常规。我们必须具有一个同这一观察相一致的历史概念。"

在这样一种历史观下，我们必须去检视每一种简化、每一个标签，它们专为那些擅权者的利益服务；他们的权力越大，对简化的需求就越多。反之，对那些忍受或奋起反抗这一无眼不公的权力的人来说，在当下以及遥远的将来，唯有认识并接受多元、差异和复杂，才能保护自己的利益。

阿拉姆·谢卜利的这些照片，就是在促成这一认识与接受。

我想再次引用法农来做结束："不，我们不想赶上任何人。我们想做的是始终朝前走，日日夜夜，在人的陪伴下，在所有人的陪伴下。行旅队伍不该拖得太长，因为那样的话，每支队伍就看不到走在它前面的人了；人们也就不再认得彼此，相聚得越来越少，交谈得越来越少……"

2

伊特卡·汉泽洛娃（Jitka Hanzlová）

（1958 年，生于捷克斯洛伐克的喀尔巴阡山中）

我们要讲到的这座森林，离这里很远，靠近喀尔巴阡山脉，在她儿时生活的一座捷克村庄旁边。对别人来说，这些影像可以是别的森林，但对伊特卡来说不行。多年以来，她不断回到她的森林。她独自走入森林中，而且假如不是独自一人前往的话，她便不会拍照。

许多的自然风景照很像时尚照片。这么说并不无贬低之意；它们记录并接纳欢乐。山峰、瀑布、草场、湖泊、秋天的山毛榉，应邀站在那儿，显露自己的模样，给相机一个忧郁的表情。有何不可？这些照片提醒我们，在经过数小时的飞行后终于到来的那种欢乐。犹如女侍的自然风光。

伊特卡的照片里没有欢迎光临。它们是在内部被拍下的；在森林的深处，就像一只在手套里的手去感知手套似的。

她谈到“森林之间”。因为在她村庄的峡谷里有两座森林相连。然而，之间这一介词，也属于普遍意义上的森林。森林就是关于“之间”的。森林存在于它的树木之间，存在于它茂密的灌木与空地之间，存在于它的所有生命周期与它的不同时间跨度之间，从永恒阳光到朝生暮死的昆虫。森林也是聚会之地，进入森林的人与等待在树后或矮丛之间的无可名状的东西相遇。它们无形、不可触摸，但就在伸手可及的距离。它们并非静默无声，却也不可听闻。不是只有森林的访客才能感觉到这些相随出没的东西；那些能读无字符号的猎人和森林居民，甚至更能敏锐地察觉到它们的存在。

“清晨，森林刚刚苏醒之际，我爬上林中山坡。站在那儿，在晨风中，在鸟儿安宁的鸣叫与我热爱的寂静中，深深呼吸。然后，专注于拍照时，我就不再去听那环绕着我的寂静了。像是有一种在别处的感觉，像是进入到了某部电影里。森林开始移动，当我透过镜头去看时，我体会到了恐惧。也许这只是因为我在取景，还有，因为那黄昏的死寂。仿佛鸟儿和蟋蟀都停止了鸣唱，风也已经在山谷里停息。什么也听不到。没有鸟，没有风，没有人，没有蟋蟀。幽暗的光线与这另一种的寂静令我毛骨悚然……我无法准确地指出恐惧之所在，但我知道它来自内部。这是我第一次如此强烈地感受到这些，但不是最后一次。我逃走了！我到底在恐惧些什么？为什么？我既不害怕动物，也不害怕森林。这地方很安全。”

有史以来和史前，森林一直提供掩蔽与藏身之所，但同时，也是漫游者会彻底迷失的地方。森林迫使我们认识到有多少东西是隐藏着的。

摄影中断或阻挡了时间的流逝，这样说有些陈腔滥调。但它们的确如此，并且以成千上万种不同的方式。卡蒂埃－布列松（Cartier–Bresson）的“决定性瞬间”与尤金·阿杰（Atget）的减缓至停顿不同，与托马斯·施特鲁特（Thomas Struth）的仪式化的时间停止也不一样。伊特卡的某些森林照片（不包括她其他主题的照片）的奇特之处在于，它们似乎没有中止任何东西！

在没有地心引力的空间里，不存在重量；她的这些照片，就好像处于时间的失重状态。好像它们是在时间与时间“之间”被拍下的，在那间隙里是空无。

森林里那些既无形不可触摸又在伸手可及之处的东西，也许就是某种永恒的存在。它并不是形而上学沉思的抽象意义上的永恒性，也不是季节周而复始的隐喻意义上的永恒性。森林在时间之中，上帝知道，它们臣服于历史，而今天，因人类追逐快速利益，许多森林已惨遭毁灭。

然而，森林中有些“事件”，却无法在森林浩渺的时间尺度里找到它们的位置，它们存在于这些时序之间。什么样的事件？你问。在伊特卡的照片里就有一些。把照片里所有我们认得的东西一一盘点过后，剩下的那些我们无法命名的就是它们了。

古希腊人把这类东西称为树神得律阿德斯（dryads）。我的一个朋友是来自贝加莫的伐木工，他把森林看作一个独立的王国，有它自己的“领地”。林飞龙（Wilfredo Lam）在他想象的丛林里，也画过相似的东西。不过让我们说得更明确一点，这里谈论的并非玄幻奇想。伊特卡说到森林的寂静，与这种寂静相对的是音乐。在音乐中，每一件事物都被容纳在这一乐段单一的、没有缝隙的时序中。而在森林的寂静里，有些东西无法被时间容纳，无法被安置在时间中。它们这样的存在，困扰并诱惑目击者的想象：因为它们像另一种造物的时间体验。我们感觉到它们发生，感觉到它们在场，却无法与它们相遇，因为它们发生在过去、现在与未来之间的某处。

在哲学家海德格尔看来，森林是所有实在（reality）的隐喻——哲学家的任务，就是找到穿越它的“道路”（weg），伐木者的小路。海德格尔谈到过“进入距离的切近处”，我相信，这是他进入我正试图说清的森林现象的路径。正如伊特卡的另外一种表述：“我所走的路，是回头去看见未来。”他们俩都把沙漏倒转了过来。

想要理解我所说的这些，就必须舍弃始于 18 世纪欧洲、与实证主义和现代资本主义线性估值体系紧密相连的时间观：即只有一种单向的时间，它承载着一切，这种单向时间是直线发展的、规则的、抽象的、不可逆的。所有其他文化都提出过不同时间共存的可能性，它以某种方式被永恒所环绕。

让我们回到属于历史的森林之中。伊特卡的那个森林中，常有种等待的意味，然而在等待什么呢？以及，等待是正确的词吗？耐心。谁的耐心？一个森林事件。一个我们既无法命名、无法描述，也无处安置的事件。但它确实在。

森林有着纷繁复杂的交错路径与交会能量——鸟的路径，昆虫的、哺乳动物的、孢子的、种子的、爬行动物的、蕨类植物的、苔藓的、蠕虫的、树的路径，等等，等等。这种纷繁复杂是极为独特的，也许在海底也有类似的复杂。但对海底世界来说，人类只是新近入侵者；但他连同他所有的感知却来自森林。人类是唯一一种至少活在两个时序的生物：他生理上的时间，和他意识中的时间。（或许就是这赋予人类第六感。）森林里交会的每一种能量，都有其自身的时序。从蚂蚁到橡树。从光合作用的过程到发酵的过程。在这纷繁复杂的时间、能量与交换的聚合中，发生了一些排斥事件的“事件”，无法融入任何时序，因此也就（暂时？）在“之间”等待了。伊特卡拍摄下的就是这些。

当你看着伊特卡的森林照片，看得越久，一种挣脱现代时间牢笼的可能就变得越为清晰。树神得律阿德斯在召唤。你可能打它们身边经过——但未曾相随。

HOLD EVERYTHING DEAR: Dispatches on Survival and Resistance
by John Berger

Published by arrangement with John Berger
through Bardon-Chinese Media Agency

图书在版编目（CIP）数据

留住一切亲爱的 /（英）约翰·伯格著；肖海鸥译.
—北京：台海出版社，2017.9
（约翰·伯格作品）

书名原文：*Hold Everything Dear: Dispatches on Survival and Resistance*
ISBN 978-7-5168-1561-8
Ⅰ.①留… Ⅱ.①约… ②肖… Ⅲ.①散文集–英国–现代
Ⅳ.①I561.65
中国版本图书馆 CIP 数据核字 (2017) 第 213185 号

著作权登记号：01–2017–5509

留住一切亲爱的

著　　者：（英）约翰·伯格

责任编辑：刘　峰　　策划编辑：胡　昊

装帧设计：陆智昌　　内文制作：龚碧函　李丹华　　责任印制：蔡　旭

出版发行：台海出版社

地　　址：北京市东城区景山东街 20 号，邮政编码：100009

电　　话：010-64041652（发行，邮购）

传　　真：010-84045799（总编室）

网　　址：www.taimeng.org.cn/thcbs/default.htm

E-mail：thcbs@126.com

经　　销：全国各地新华书店

印　　刷：山东鸿君杰文化发展有限公司

本书如有破损、缺页、装订错误，请与本社联系调换

开　　本：787mm × 1092mm　1/32

字　　数：52 千字　　印　　张：5.75　　图　　片：1 幅

版　　次：2017 年 9 月第 1 版　　印　　次：2017 年 9 月第 1 次印刷

书　　号：ISBN 978-7-5168-1561-8

定　　价：36.00 元